Andreas Schreiner

Am Abgrund der Zeit

Andreas Schreiner
wurde 1965 in Steyr, Österreich, geboren.
Der Maschinen- und Kraftfahrzeugtechniker
widmet sich seit 1986 seinem liebsten Hobby,
dem Schreiben. Seinen ersten Erfolg landete er
mit der Mystery-Park-Serie, die im
Arena Taschenbuch-Programm erscheint.

Andreas Schreiner

Am Abgrund der Zeit

Zeichnungen von
Elisabeth Holzhausen

Arena

In neuer Rechtschreibung

1. Auflage 2004

Einbandinnenillustrationen: Silvia Christoph
Gesamtherstellung: Westermann Druck Zwickau GmbH
ISBN 3-401-05553-41

I. Florians Tagebuch

»Setze nie wieder diese Macht ein, hörst du? Wenn du es doch tust, verlierst du noch mehr von deinem Leben, und irgendwann findest du nicht mehr zurück.«
An diese Ermahnung seiner Freundin Laura musste Florian denken, als er gähnend auf die PC-Tastatur tippte. Es war kurz vor Mitternacht. Er war unendlich müde.
»Du musst alles nachholen«, hatte Laura gesagt. »Gib die gestohlene Zeit zurück.«
Florian folgte ihrem Rat. Seitdem bestand sein Leben fast nur noch aus Schule, Hausaufgaben machen und lernen, lernen, lernen. Ohne Laura hätte er längst aufgegeben. Sie opferte ebenfalls ihre Freizeit. Sie büffelte mit ihm. Laura war es auch gewesen, die ihm riet ein Tagebuch zu schreiben.
Sie meinte: »Deine Geschichte ist so seltsam und phantastisch, dass sie nicht verloren gehen darf. Auch aus anderen Gründen ist es wichtig. Denk an deinen armen Freund Joe. Schreibe alles auf, solange du dich noch gut erinnern kannst. Zeige es aber niemandem, wenigstens so lange nicht, bis du erwachsen bist.«
Ich werde es auch als Erwachsener niemandem zeigen,

beschloss Florian insgeheim. Erst nach meinem Tod dürfen es andere lesen. Sonst käme vielleicht jemand auf die Idee, mich und meine Kräfte für irgendwelche Schweinereien zu missbrauchen.

»Ich heiße Florian Beckmann und bin vierzehn Jahre alt«, tippte er in den PC.

Gleich darauf löschte er den Satz wieder. *»Es war an einem Tag in der Schule«*, begann er erneut. Nein, das las sich irgendwie total bescheuert. Wieder schlug die Löschtaste zu.

Wie beginnt man eine so verrückte Geschichte? Er lehnte sich zurück und schloss die Augen. Während er das tat, sah er die vertrauten Ströme der Zeit, den Fluss, den man nicht durch die Augen sehen kann, sondern allein mit den Gedanken. Dann schrieb er:

Mein Name ist Florian Beckmann. Zuerst möchte ich klarstellen, dass ich kein Monster, kein Außerirdischer oder sonst was bin. Ich bin ein normaler Junge. Na ja, vielleicht nicht ganz normal. Aber ich bin kein Monster! Ich kann nur etwas, was ihr nicht könnt.

Bevor ich Joe traf, glaubte ich, ich wäre der einzige Timebender, und er glaubte es auch von sich. Ob es außer uns noch andere gibt, weiß ich nicht. Sehr viele können es jedenfalls nicht sein, denn sonst hätte garantiert einer von denen versucht, die Weltherrschaft an sich zu reißen. Ich könnte das ebenfalls. Euch alle könnte ich beherrschen, mit euch spielen, euer Leben auf den Kopf stellen, einfach so. Joe meinte sogar, alle Staaten und Armeen der Erde wären gegen uns hilflos, denn wer kann schon gegen die Zeit selbst kämpfen?

Ihr glaubt jetzt bestimmt, ich wäre ein Wichtigtuer. Okay,

kann ich euch nicht verübeln. Laura sagt auch, ich soll nicht so angeben. Aber lest zuerst meine Geschichte, bevor ihr mich verurteilt.
Vor ungefähr sechs Monaten hat es begonnen, in der Schule. Halt, falsch! Eigentlich ist es erst drei Wochen her. Nur für mich waren es sechs Monate. Mann, ist das schwer zu erklären!
»Schreib nicht so hektisch durcheinander«, würde Mutter sagen. »Immer mit der Ruhe. Du musst endlich lernen, dir mehr Zeit zu nehmen.«
Zeit? Meine Güte, wenn die wüsste!
Seufzend sah Florian auf die Uhr. Schon nach Mitternacht. Es würden noch viele Nächte draufgehen, bis er seine Geschichte vollständig in den PC geklopft hätte. Er erinnerte sich an den Tag, als die seltsame Geschichte begonnen hatte. Es war morgens in der Schule gewesen. Wie meistens hatte Florian den totalen Stress gehabt. Und Patrick, dieser Blödian, hatte ihn noch nervöser gemacht . . .

II. Copy-King

»Noch eine Minute und dreißig Sekunden«, verkündete Patrick im Tonfall eines Sportreporters. »Wetten werden bis eine Minute vor dem Klingeln angenommen. Wird Florian das Unmögliche schaffen? Wird er seinen eigenen Abschreibrekord brechen? Er ist heute wieder groß in Form. Die Schrift wird immer blasser. Da kommt die Tinte gar nicht mehr schnell genug aus dem Füller. Applaus für den Mann, der schneller als seine Feder schreibt! Uh, oh, was ist jetzt? Patrone leer ? So ein Pech!«

Fluchend schraubte Florian die Kappe des Füllers ab. Er riss die leere Patrone heraus und warf sie achtlos über die Schulter. Patrick kommentierte es mit überschnappender Stimme.

»Die Spannung ist kaum mehr zu überbieten! Das ist Wahnsinn! Ein rasend schneller Boxenstopp in der letzten Runde. Schon ist die neue Patrone drin. Aber das Mistding schreibt nicht. Doch, jetzt, hurra! Noch achtundfünfzig Sekunden bis zum Pausenklingeln. Das wird eng. Das wird sogar verflixt eng!«

Die Versuchung war groß. Am liebsten hätte Florian den Kerl zum Schweigen gebracht. Aber in dieser Notlage konnte er ihm schlecht den Tafelschwamm in den

Mund stopfen. Außerdem war der Quatschkopf sein bester Freund, und überhaupt war es Patricks Hausaufgabe, die er gerade abkupferte.
Im Klassenzimmer ging es zu wie auf dem Fußballplatz. Jene, die auf Florian gewettet hatten, feuerten ihn in Sprechchören an. Sein Sitznachbar Bernd hatte gegen ihn gesetzt. Er ließ scheppernd Centmünzen auf der Tischplatte kreisen, um Florian abzulenken. Das war nicht die einzige unfaire Störaktion. Irgendein Blödmann ahmte das schrille Quieken eines Ferkels nach.
»Noch zehn Sekunden«, verkündete Patrick, »neun, acht, sieben, sechs . . .«
». . . fünf, vier, drei«, zählten alle im Chor mit.
Erleichtert kritzelte Florian die letzte Zeile hin, fast gleichzeitig mit dem Klingelzeichen.
»Jaah!«, brüllte Patrick. »Drei Seiten Vokabeln in nur drei Minuten. Das ist neuer Rekord. Holt eure Wettgewinne ab.«
Bernd fluchte leise. Einmal mehr hatte er sein Pausenbrot an den Fresssack Erwin verzockt.
Florian grinste schadenfroh. »Selbst schuld! Warum setzt du auch gegen den King?«
»Gut gemacht«, lobte Erwin mampfend. Er schlug Florian auf die Schulter.
»Ein Hoch auf unseren Copy-King!«, rief Patrick. Florian verbeugte sich vor den Fans.
Der Spitzname »Copy-King« klang nicht übel, fand er. Diese Klasse war schon in Ordnung, besser als die vorjährige jedenfalls. Die neuen Klassenkameraden hatten

ihn gut und fair aufgenommen, nachdem er letztes Jahr die Versetzung nicht geschafft hatte. Verflixtes Englisch! Der Typ, dem Florian die »Ehrenrunde« verdankte, betrat in diesem Augenblick das Zimmer, Studienrat Max Rabe, auch »Maxilein« genannt. Der schönste Lehrer der Schule war er schon, das musste ihm der Neid lassen, schön, aber ätzend. Lächelnd bahnte sich Maxilein den Weg durch das Chaos bis zu seinem Pult. Dort wartete er schweigend, bis das allgemeine Geplärr verstummte.

»Neun Punkte auf der Lärmpegelskala von eins bis zehn«, kommentierte er. »Alle Achtung.«

»Was, bloß neun?«, rief Patrick heraus. »Warum nicht zehn?«

»Sorry, zehn ist für startende Düsenjets und Bombenexplosionen reserviert. Da müsst ihr noch ein bisschen üben.« Der Rabe erntete prompt Gelächter.

»Ha, ha, Witz lass nach«, murmelte Florian genervt. Anscheinend gab es in jeder Klasse ein paar Blindgänger, die diesen Angeber cool fanden. Unfassbar!

Maxilein nickte seinen Fans gnädig zu. Dann band er sein langes Blondhaar zu einem Pferdeschwanz und setzte sich auf den Stuhl, verkehrt rum, auf lässig. Einfach zum Kotzen!

»Good morning, ladies and gentlemen.«

»Good morning, teacher«, antwortete die Klasse.

Sonnig lächelnd musterte der Lehrer die Gesichter. Zuletzt blieb sein Blick wie immer an Florian hängen. »Good morning, my good old friend«, fügte er hinzu.

»Hm?«, brummte Florian misstrauisch. Der Typ heckte

bestimmt wieder eine Gemeinheit aus. Er grinste so hinterhältig. Da musste man auf der Hut sein.

»Pardon? I didn't understand your comment, Florian. Please, try it again. Talk to me. What a wonderful day, isn't it?«

»Yes, genauso is it«, antwortete Florian, »so very wonderful.«

Maxileins Lächeln wurde breiter. Er holte ein Heft aus der Tasche und hielt es hoch.

»Do you recognize that?«

»Hä? What?«

»Do you recognize that? Erkennst du das? Answer please.«

Auweia! Auch wenn er das Heftschildchen aus der Entfernung nicht entziffern konnte, so erkannte Florian sein Hausübungsheft an dem hässlichen Tintenklecks.

»Ja, ich kenne es.«

»Talk to me in English, please.«

»Yes, I can it.« Die anderen kicherten über die etwas »freie« Übersetzung.

»Florian, Florian, ts, ts, ts.« Der Rabe warf das Heft auf sein Pult. »Du hast ein Problem, weißt du das?«

»Hm«, machte Florian. Was hätte er auch sonst darauf antworten sollen?

»Willst du dort weitermachen, wo wir voriges Jahr stehen geblieben sind? Wohin glaubst du führt das, wenn du schon wieder die Hausaufgaben abschreibst?« Maxilein schüttelte den Kopf. »Für dumm kannst du vielleicht andere verkaufen, aber nicht mich. Alles klar, alter Freund?«

»Ich bin nicht Ihr Freund.« Oups, das war ihm jetzt rausgerutscht. Florian hörte, wie Bernd neben ihm heftig die Luft ausstieß. Es wurde mucksmäuschenstill in der Klasse.

War vielleicht ein klein wenig heftig, dachte Florian. Ich muss mich schnell entschuldigen, bevor der Typ ausflippt. Bloß wie? Das muss jetzt genau passen, höflich, aber nicht zu schleimig. Wenn ich nur mehr Zeit zum Überlegen hätte. Könnte ich nur kurz die Zeit anhalten!

Plötzlich wurde es dämmrig in der Klasse, so als würde eine Gewitterfront die Sonne verdunkeln. Automatisch blickte Florian zum Fenster. Der Himmel sah merkwürdig aus, rot und düster. Außerdem ... Was war das? Fast schien es, als sei das Klassenzimmer zu Eis erstarrt. Nicht die kleinste Bewegung, nicht das leiseste Geräusch. Es dauerte nur Sekunden, dann normalisierte sich alles wieder. Florian war so verblüfft, dass er vom Streit mit dem Lehrer abgelenkt wurde. Die Gelegenheit zur Entschuldigung verstrich ungenützt.

»Du hast also persönlich was gegen mich«, stellte Maxilein fest. »Na, wenigstens bist du ehrlich. Legst du es darauf an, dass wir diese Angelegenheit gleich hier ausmachen, oder willst du unter vier Augen mit mir reden?«

»Ähem ... Unter vier Augen.«

»Gut. Ich erwarte dich nach dem Unterricht im Lehrerzimmer.«

Für den Rest der Stunde herrschte gedrückte Stimmung. Maxilein prüfte die neuen Vokabeln ab. Zum ersten Mal seit Semesterbeginn nahm er Florian dabei nicht in die Mangel. Nur einen kurzen Blick warf er in das Heft. »Ebenfalls abgekupfert?«, fragte er knapp.

»Hm.«

»Von wem?«

Noch bevor Florian erwidern konnte, dass er gar nicht daran dachte, das auszuplaudern, hob Patrick die Hand. »Von mir.«

»Damit tust du deinem Freund keinen Gefallen«, belehrte ihn Maxilein. »Wenn du ihn abschreiben lässt, unterstützt du seine Faulheit. Das muss aufhören.«

Patrick bekam eine Strafarbeit aufgebrummt. Seltsamerweise blieb Florian verschont.

Diese Ungerechtigkeit verstand niemand in der Klasse. Von den hinteren Bänken wurden Worte gemurmelt, die verdächtig nach »Fiesling« und »Schweinerei« klangen. Maxilein tat so, als habe er nichts gehört.

Nach der Englischstunde entschuldigte sich Florian bei seinem Kumpel. »Tut mir echt Leid, dass ich dich mit reingezogen habe.«

»Halb so wild«, wehrte Patrick ab. »Das war es wert. Wie du dem Angeber die Meinung gesagt hast, fand ich spitzenmäßig.«

»Spitzenmäßig bescheuert war das«, mischte sich Eva ein. »Nur weil Mister Copy-King so ein Faultier ist und dann noch eine dicke Lippe riskiert, müssen wir anderen die Rechnung zahlen. So viele Hausaufgaben hat er uns noch nie aufgebrummt.«

»Was heulst du dich bei uns aus?«, konterte Patrick. »Beschwer dich bei Maxi. Los, sag's ihm. Du bist schließlich Klassensprecherin.«
»Ja, geh zu ihm, red mit ihm!«, forderten auch andere. »Das mit Patricks Strafe war total fies. Das muss er sich nicht gefallen lassen. Setz dich für ihn ein.«
»Sinnlos«, wehrte Eva ab.
»Sinnlos bist vor allem du!«, schimpfte Patrick. »Sinnlos und urfeige. Wozu haben wir dich gewählt? Was hast du bisher für die Klasse getan? Ich kann mich an nichts erinnern.«
»Das kannst du nicht von ihr verlangen«, spottete ein Mädchen namens Tanja. »Wo sie doch rosa Herzchen in den Augen hat, wenn ihr das schöne Maxilein über den Weg läuft.«
Florian war heilfroh, dass sich die anderen nun auf Eva einschossen und ihn vergaßen. Mit Kleinigkeiten wollte er keine Zeit vergeuden. In der großen Pause gab es schließlich Wichtigeres zu tun. Der gute Patrick, bester aller Freunde! Noch während er mit Eva stritt, zog er sein Mathematikhausaufgabenheft hervor und warf es Florian zu. Was würde er nur ohne ihn tun?

Florian fand, das war einer jener Tage, an denen man besser erst gar nicht aufstehen sollte. Nach der Englischkatastrophe folgten zwei stinklangweilige Stunden Mathe. Die letzte Schularbeit wurde zurückgegeben. Florian hatte ein sattes »Ungenügend« eingefahren, obwohl Mathematik eigentlich zu seinen Stärken zählte.

Am Ende des Vormittags wurde er in Geschichte geprüft. Klar, die Prüfung war angekündigt, aber schließlich hatte er diesen Stoff schon ein Jahr vorher durchgepaukt und damals mit »Sehr gut« abgeschlossen. Warum also hätte er den Käse noch mal lernen sollen?
Frau Schachner, die Geschichtslehrerin, war anderer Meinung. Sie gab ihm ein »Genügend«, ein wackeliges noch dazu, meinte sie. Verrückt!
Sozusagen als Krönung des Tages gab's am Nachmittag zwei Stunden Sport mit Maxilein. Für die meisten war der Turnunterricht eine entspannende Abwechslung. Nicht für Florian, der einige Kilo Übergewicht mit sich herumschleppte. Schwitzend trabte er auf dem Fußballfeld herum, ohne Hoffnung, je einen Ball zu erlaufen.
»Sport ist ungesund und gefährlich«, lautete sein Wahlspruch. »Wie leicht kann man sich dabei verletzen.«
Wie schädlich Sport sein konnte, bekam an diesem Tag auch Maxilein zu spüren. Konnte der Angeber nicht auf der Bank sitzen bleiben wie andere Sportlehrer? Nein, Super-Maxi musste unbedingt selbst mitspielen, zwecks Angabe. Das hatte er nun davon.
»Ah, auu!« Wehleidig jaulend wälzte er sich am Boden und hielt sich das Knie, das Florian versehentlich statt des Balles getroffen hatte. Dann begann er wie ein Stier zu brüllen: »Aus! Rote Karte. Raus mit dir, du Schlächter!«
»Es war wirklich keine Absicht«, beteuerte Florian. Dabei konnte er ein hämisches Grinsen nicht ganz unterdrücken.

»Du bist wirklich verflixt hart reingestiegen«, warf ihm Patrick später unter der Dusche vor.
»Wie man es macht, ist es verkehrt«, beschwerte sich Florian. »Als Verteidiger muss man sich dem gegnerischen Stürmer in den Weg werfen. Stimmt doch, oder?«
Patrick schüttelte den Kopf. »Aber doch nicht so! Du hättest ihm das Knie zerschlagen können, Mann.«
»Dann spiele ich besser überhaupt nicht mehr mit«, murrte Florian. »Ist mir sowieso lieber.«
Muss extra erwähnt werden, dass die Aussprache zwischen Florian und Maxilein im Lehrerzimmer nicht sehr lustig war? Wenigstens stand Florian nicht allein. Eva bot sich freiwillig als Begleitung an. So viel Anständigkeit hatte Florian nicht von ihr erwartet.
Es folgte das erwartete Blabla, von wegen stinkfaul und provokant, Direktor einschalten, Eltern informieren und so.
Florian sagte ab und zu »Hm«, »Ja« und »Nein«. Ansonsten schwieg er sich aus. Dafür war Eva umso gesprächiger. Sie sagte Maxilein ganz schön die Meinung und erreichte sogar, dass Patricks Strafe aufgehoben wurde. Florian nahm sich vor, nie mehr schlecht über die Klassensprecherin zu reden. Am Ende gab sich Maxilein kuschelweich und versöhnlich.
Sagte, er habe persönlich nichts gegen Florian. Wenn er nur ein bisschen mehr Fleiß und guten Willen zeigen würde, bekämen sie das mit der Versetzung schon noch hin.
Florian glaubte ihm kein Wort. Wenigstens musste er

den Heuchler nicht allzu lange ertragen. Er wolle noch zum Arzt gehen, sagte Maxilein, mit einem vorwurfsvollen Blick auf Florian, wegen seines Knies. Die Strafaufgabe war nicht von schlechten Eltern. Drei Seiten aus dem Geschichtsbuch sollte Florian in Englisch übersetzen. Thema: »der Dreißigjährige Krieg«. Genau dieses Thema hatte er bei der Geschichtsprüfung am Vormittag verbockt. Das konnte kein Zufall sein. Die Lehrer steckten alle unter einer Decke, und sie hatten sich gemeinsam gegen ihn verschworen.
»Eine Mafia ist das!«, grollte er, noch bevor die Tür des Lehrerzimmers hinter ihm zuschlug.
»Halt endlich die Klappe«, zischte Eva. »Die hören dich.«
»Sollen sie es hören«, entgegnete Florian laut. »Ich sage, das ist eine Mafia, die ganze Schule, vom Direktor bis zur Putzfrau. Und Don Maxilein ist der Obermafioso! Aber die werden mich nicht fertig machen. Nein, die nicht!« So, nun war ihm leichter.

Nach diesem Horrortag war erst mal Entspannung angesagt. Zuerst essen, dann eine Stunde vor der Glotze dösen, anschließend Computerspielen und Internetsurfen.
Absichtlich hatte Florian den PC in die hinterste Ecke des Zimmers gestellt, so weit wie möglich vom Schreibtisch weg. Trotzdem spürte er förmlich, wie ihn der Tisch höhnisch angrinste, ihm die wohlverdiente Erholungspause vermieste. Misstrauisch riskierte er einen Blick über die Schulter. Unter dem Tisch lauerte

der Schulranzen mit all den unerledigten Arbeiten, wie eine scharfe Bombe mit Zeitzünder. Ein hoffnungsloser Blick auf die Uhr. Achtzehn Uhr dreißig. Was sollte er zuerst erledigen? In jedem Fall die Englischhausaufgabe. Don Maxilein durfte er jetzt nicht noch mehr reizen. Mathe war kein Problem. Das konnte bis übermorgen warten. Aber da war noch dieser vollkommen überflüssige Biologietest morgen. Florian machte es sich auf dem am Sofa bequem und schlug das Bio-Buch auf.
»*Amphibien sind wechselwarme Wirbeltiere mit feuchter, drüsenreicher Haut*«, las er. »*Sie haben vier Finger an den beiden vorderen Beinen und fünf Zehen an den hinteren. Jungtiere leben als Larven meist im Wasser . . .*«
»Qua, qua, quak, quaark«, sang Florian vor sich hin, während er ungeduldig beim Lesen mehrere Zeilen übersprang. Den Bio-Käse hatte er sich noch einigermaßen vom Vorjahr gemerkt. Einmal kurz drüberlesen müsste genügen. Laut sagte er die Namen der verschiedenen Amphibienarten auf: »Unken, Frösche, Molche. Es gibt die Rotbauchunke, die Gelbbauchunke, Wechselkröte, Kreuzkröte und, äh . . .« Wie war das noch gleich? Ein kurzer Blick ins Buch. »*Geburtshelferkröte, Grasfrosch, Moorfrosch . . .*« Puh! Na, ist es ein Wunder, wenn man bei so was einpennt? Sanft schlummerte er ein.
Kurz vor sieben wurde er von seiner Mutter geweckt, die ihren fleißigen Jungen zum Abendbrot rief. Wie meistens verdrückte Florian mehr, als ihm gut tat. Hinterher fühlte er sich so aufgebläht, dass er sich kaum rühren konnte. Er leistete dem Vater bei den Abend-

nachrichten Gesellschaft. Nun aber ran! Es war höchste Zeit.

Leider, leider hörte Florian in der Programmvorschau, dass ausgerechnet an diesem Abend ein Sciencefiction-Film lief. Den musste er unbedingt sehen, Schule hin oder her!

Und überhaupt, null Problem, denn der Film würde um zweiundzwanzig Uhr enden. Es blieben dann noch fast zehn Stunden bis Unterrichtsbeginn.

Wer noch nie nachts gepaukt hat, kann unmöglich nachvollziehen, wie Florian sich fühlte. Den Biologietest hakte er gleich mal ab. Falls ich irgendwann im Leben einen Froschteich anlegen will, kann ich das immer noch nachholen, sagte er sich. Englischhausaufgabe oder Strafarbeit, was sollte er zuerst angehen? Er entschied sich für die Hausaufgabe, immerhin das kleinere Übel.

Mann, das zog sich! Um halb ein Uhr morgens war es endlich geschafft. Jetzt musste er noch drei Seiten aus dem Geschichtebuch übersetzen. Vorher war unbedingt eine kleine Stärkung nötig. Auf Zehenspitzen schlich er in die Küche und plünderte den Kühlschrank. So eine nächtliche Fressorgie ist super und beruhigt die Nerven. Kurz nach zwei ging es mit frischen Kräften wieder ans Werk.

Florian las: *»Der Dreißigjährige Krieg war genau genommen eine Reihe von Kriegen zwischen 1618 und 1648, an denen die meisten Staaten Westeuropas beteiligt waren und die hauptsächlich auf deutschem Boden ausgetragen wurden . . .«*

Sah auf den ersten Blick gar nicht so kompliziert aus. *»The thirtyyearwar«*, schrieb er, unter fleißiger Zuhilfenahme des Wörterbuches, *»was exact taken a list of wars between 1618 and 1648, at then the most states of West-europe was involved and this principial on German floor . . .«*
Fast zehn Minuten brauchte er für diesen ersten Satz. Er war sich ziemlich sicher, dass er vor Fehlern strotzte. Trotzdem musste er weitermachen.
»Zunächst ging es vor allem um grundlegende religiöse Gegensätze«, stand da weiter.
Wie übersetzt man »zunächst«? Gähnend blätterte Florian im Wörterbuch. *»Next to, first of all, above all . . .«* Wer die Wahl hat, hat die Qual. Wozu gibt es überhaupt Wörterbücher, wenn man ohnehin nie wusste, welchen von den unzähligen Begriffen man wählen sollte? Würfeln?
Das Nächste, was er wahrnahm, war ein unbarmherziges Klopfen an der Zimmertür und Mutters Gezeter: »Schatz, es ist schon nach halb acht. Jetzt komm endlich! Jeden Morgen dasselbe Theater.«
Florian fuhr verwirrt hoch. Vor ihm lag das Wörterbuch. Zufällig war es an folgender Stelle aufgeschlagen: »**shit** [ʃit] V **I.** s. **1.** Scheiße *f*: *to have a*«.
Wie passend. Er war über dem Schreibtisch eingepennt. Ob es half, wenn er krank spielte? Nein, lieber nicht. (Es hat fast nur Nachteile, wenn die eigene Mutter Ärztin ist!) Das einzig Positive an diesem Morgen war, dass er sich nicht mehr anziehen musste. So blieben ihm zwischen Frühstück-Runterschlingen, Zähneputzen und Aus-dem-Haus-Stürmen sogar noch einige Momente

zum Nachdenken. Wenn er jetzt, direkt nach der Sache mit Maxilein, die Schule schwänzte, war ein Anruf zu Hause so sicher wie nur was. Er hetzte zur Haltestelle und sah den Bus abfahren. Ausgerechnet heute, wo der Tag mit Englisch begann, würde er auch noch zu spät kommen.

Verzweifelt trabte Florian zu Fuß los. Im Dauerlauf keuchte er an Menschen vorbei, die sich auffallend langsam bewegten, wie in Zeitlupe. Ja, sogar die Autos schienen sich langsamer zu bewegen. Alles Einbildung, dachte Florian. Ich sehe schon Gespenster. Panik pur. Das kommt von diesem elenden Gerenne. Sport ist ungesund!

Er fühlte stechenden Schmerz in der Seite. Am Ende stolperte er nur noch voran. Fix und fertig stand er schließlich im Schulhof und beobachtete maßlos überrascht, wie der Bus vorfuhr. Wie war das möglich? Er konnte unmöglich zu Fuß schneller gewesen sein!

Egal. Es blieben noch zehn Minuten bis Unterrichtsbeginn. Florian war fest entschlossen, die knappe Zeit auszunutzen. Prustend und schwitzend erreichte er seinen Platz, schlug Geschichtsbuch und Heft auf. Er musste die Übersetzung schreiben.

»Zunächst ging es vor allem um grundlegende religiöse Gegensätze, hervorgerufen durch die Reformation«, las er. Wie übersetzt man »zunächst?« Er blätterte hektisch im Wörterbuch.

»Next to, it went for all about fundamental religious contrasts, call for through the reformation«, übersetzte er mühsam.

»Ha, ha, ha, it went for all!«, spottete Bernd. »Ich halt's nicht aus!«
»Wie sonst, Blödmann?«, schnauzte Florian ihn an.
»Keine Ahnung. Ist das mein Problem oder deines?«
»Gib es auf, Copy-King«, riet Eva. »Beichte Maxilein, dass du wieder zu faul warst und versprich, dass du die Aufgabe gleich heute nachholen wirst.«
»Maxi wird seine Alten anrufen«, vermutete Evas Freundin Jaqueline schadenfroh. Florian hatte die Tussi nie ausstehen können. Doch nicht nur Jaqueline spottete über ihn. Von allen Seiten schlug ihm Häme entgegen.
»Jetzt wird's eng«, hörte er Egon mit vollem Mund sagen. »Wie stehen die Wetten?«
»Hundert zu null gegen ihn«, antwortete Bernd. »Der King ist tot.«
»Nö, das schafft er nicht mehr«, bestätigte Eva. »Diesmal hat er es übertrieben.«
Nur Patrick verteidigte seinen Freund. »Lasst ihn wenigstens in Frieden, wenn ihr ihm schon nicht helfen wollt.«
Florian ließ sich nicht weiter ablenken. Er las: *»Diese religiösen Gegensätze zogen im weiteren Verlauf auch nicht deutsche Anhänger der protestantischen und katholischen Gruppen in den Konflikt.«*
»This religious contrasts«, übersetzte er.
»Das gibt Stunk«, prophezeite Bernd genüsslich. »Maxilein zieht ihm das Fell über die Ohren.«
»Warum hältst du nicht endlich …«, begann Patrick. Er brach mitten im Satz ab.

Das Licht wurde schwächer. Merkwürdig still war es plötzlich um Florian, so, als habe jemand die Stimmen, das Geplärr auf den Gängen, sämtliche Geräusche, einfach . . . abgeschaltet.
Ja, abgeschaltet, so, wie man ein Radio abdreht. Er sah sich um. Unheimlich! Nichts bewegte sich. Patrick stand da wie eine Statue. Er hatte den Mund geöffnet, doch er sprach nicht weiter. Auch Bernds Gesicht war erstarrt. Zum ersten Mal fiel Florian auf, wie hässlich der Knilch war, mit seiner Hakennase und ewig spöttisch verzogenen Lippen. Evas Haarschopf stand merkwürdig steif zur Seite, so, als habe sie gerade den Kopf geschüttelt und die Haare wären mitten in der Bewegung erstarrt. Florian rieb sich die Augen. Träumte er? Die Welt war stehen geblieben. Nur er allein konnte sich noch bewegen. Die Strafarbeit und alle Alltagssorgen waren auf einen Schlag vergessen. Was geschah hier?
Der Spuk ging ebenso plötzlich vorbei, wie er gekommen war. Von einem Augenblick zum anderen umgab ihn wieder der ganz normale Pausenwahnsinn. Eva beendete die Kopfdrehung. Ihr Haar legte sich brav und glatt über die Schultern.
». . . die Klappe?«, beendete Patrick seine Frage an Bernd. »Er hat es ohnehin schwer genug.« Dann wandte er sich an Florian: »Was ist los, Alter? Du siehst aus, als würdest du gleich aus den Schuhen kippen. Ist dir nicht gut ?«
»Nö, alles okay«, murmelte Florian, obwohl er sich da nicht so sicher war.

Patrick warf einen Blick auf die Uhr und nickte verständnisvoll. »Take it easy. Er wird dir schon nicht den Kopf abreißen.«

»Maxilein kommt!«, rief jemand. Gleichzeitig klingelte die Pausenglocke.

Unschlüssig betrachtete Florian das Heft. Sollte er nicht wenigstens den letzten Satz vollenden, damit es nicht gar zu blöde aussah? Warum eigentlich nicht? Er blätterte im Wörterbuch. Jeden Moment musste der ätzende Morgengruß des Lehrers kommen. Stattdessen wurde das Licht erneut schwächer. Die Welt versank in Starre und Lautlosigkeit.

Diesmal unterdrückte Florian die aufsteigende Panik. Er versuchte klar zu denken.

An Zauberei oder Gespenster glaubte er nicht. Bestimmt war das nur ein verrückter Traum.

»Cool bleiben«, murmelte er, um sich Mut zu machen. »Von so einem bescheuerten Traum lassen wir uns nicht unterkriegen. Ich werde bis drei zählen und aufwachen. Eins, zwei, drei.« Florian schnippte mit den Fingern. Er kniff sich sogar in den Arm. Nichts änderte sich.

Ich bin vielleicht krank im Kopf!, dachte er erschrocken. Vielleicht habe ich einen Gehirntumor oder so. Puh! Das fehlte gerade noch. Er stützte den Kopf in die Hände und überlegte weiter. Falls ich wirklich krank bin, kann Maxilein nichts dagegen sagen, wenn ich mich jetzt abmelde.

»Bitte, Herr Rabe«, begann er. »Mir ist nicht gut.«

Doch der Lehrer stand noch im Gang vor der Tür,

ebenso reglos wie alle anderen. Florian wischte sich den Schweiß von der Stirn. Er konnte nur abwarten, bis sich die unheimliche Starre wieder löste. Eine Minute verging, zwei Minuten. Er beschloss, einfach mit der Strafarbeit weiterzumachen. Alles war besser, als hier untätig zu sitzen und zu warten.

Florian las: *»Mit Fortschreiten des Krieges gewannen andere als religiöse Fragen einen entscheidenden Einfluss auf Verlauf und Charakter des Krieges . . .«*

Seine Hände zitterten, während er das Wort »Fortschreiten« im Wörterbuch suchte. So gut er konnte, übersetzte er.

Fünf Minuten vergingen, zehn Minuten, eine halbe Stunde. Nur auf Florians Armbanduhr bewegten sich die Zeiger. Die Zeiger der großen Uhr über der Tafel verharrten wie angenagelt. Florian wollte nicht darüber nachdenken. Er konzentrierte sich auf seine Übersetzung.

Eine knappe Stunde später war alles erledigt. Immer noch stand die Zeit rings um ihn still. Nun hielt es der Junge nicht länger aus.

»Hallo, hört mich jemand?«, fragte er verzagt. Er näherte sich dem erstarrten Bernd, und das Wunder geschah. Plötzlich bewegte sich sein Banknachbar normal schnell. Bernd kramte gerade seine Schulsachen hervor. Doch sobald Florian einen Schritt zurücktrat, erstarrte er wieder.

Florian wiederholte das Experiment mehrmals. Schritt nach vorn, Bernd bewegte sich – Schritt zurück, Bernd erstarrte. Es war, als würde Florian mit den Stopp- und Play-Tasten des Videorekorders spielen.

»Total krass«, flüsterte er. »Verflixt, in welchen Alptraum bin ich da hineingeraten?«

Den letzten Satz rief er hysterisch laut und schrill. Mit einem Mal war die Panik wieder da.

Jetzt endlich löste sich der Bann. Der Lärm setzte wieder ein. Maxilein betrat den Raum.

»Good morning, ladies and gentlemen. Good morning, my special friend!«

Diesmal war der Junge sogar froh, den ätzenden Gruß zu hören.

»Good morning, teacher«, erwiderte er und betrachtete dabei die voll geschriebenen Seiten des Hausaufgabenheftes. Er wusste nicht wie, aber er hatte die Strafarbeit tatsächlich geschafft. Ein Wunder war geschehen! »What a wonderful morning«, fügte er lächelnd hinzu. »Isn't it?«

Alle starrten ihn an. Besonders Maxileins Gesicht war sehenswert. Er war es gewohnt, dass Florian maximal mit »yes«, »no« oder »hm« antwortete, wenn überhaupt.

»Are you all right, Florian?«, erkundigte er sich nach einer Schrecksekunde. »Bist du krank?«

»No, no«, wehrte der Junge immer noch lächelnd ab. »I am happy to see you, teacher.«

»Iih, jetzt versucht er's auf die Schleimtour«, zischte Bernd verächtlich.

»Ah, I see, you have done your work. Good boy.« Maxilein schnappte sich das Heft mit der Übersetzung und blätterte flüchtig darin. Dabei verzog sich sein Gesicht wie unter Schmerzen, wenn er besonders gravierende

Fehler entdeckte. »Well, there are many terrible mistakes. We will try a correction together.« Er schlug Florians Geschichtsbuch auf und schrieb den deutschen Text an die Tafel: *»Der Dreißigjährige Krieg war genau genommen eine Reihe von Kriegen zwischen 1618 und 1648 . . .«*

»Wie hast du das bloß geschafft?«, raunte Patrick seinem Freund zu.

Florian blieb die Antwort schuldig. Er wusste es selbst nicht.

III. Der Fluss der Zeit

Lange hatte Florian überlegt, ob er seiner Mutter von der merkwürdigen Sache erzählen sollte. Immerhin war sie Ärztin. Es wäre logisch und vernünftig gewesen, sich untersuchen zu lassen. Florian schob es trotzdem vor sich her, wie er es stets bei wichtigen, aber unangenehmen Dinge tat. An den folgenden Tagen hatte er keine ungewöhnlichen Erlebnisse. Er fühlte sich gesund. Bald war er nicht mehr sicher, ob er sich nicht alles bloß eingebildet hatte. Doch dann passierte es wieder, diesmal beim Sportunterricht.

»Mit dir könnten wir die Hütte gleich unbemannt lassen«, schimpfte Eva. »Beweg dich endlich! Das ganze Spiel über stehst du rum wie ein nasser Sack.«
»Du tust Florian unrecht«, mischte sich Maxilein ein. »Die erste Halbzeit war er auf der Ersatzbank. Da konnte er gar nicht rumstehen wie ein nasser Sack«, er blickte spöttisch in Florians Richtung, »sondern nur rumsitzen wie ein nasser Sack. Ha, ha, ha!«
Florian nahm es gelassen. An solche Witze war er

längst gewöhnt. Seit dem verhängnisvollen Foul stellte ihn Maxilein beim Fußball ins Tor, weil er dort angeblich weniger Unheil anrichten konnte. Eva, die als Teamkapitän in Florians Mannschaft spielte, war damit ganz und gar nicht einverstanden. Sie war ehrgeizig und verlor nicht gerne.

»Das ist unfair«, beschwerte sie sich. »Ich will einen anderen Keeper.«

»Du hast den besten«, feixte Maxilein. »Er füllt das Tor durch seine Körperfülle so weit aus, dass kaum ein Ball an ihm vorbeigeht.«

Florian drehte sich entrüstet um. Er wollte dem Angeber gerade so richtig die Meinung sagen, da sauste der Ball an ihm vorbei ins Netz. Fünf zu null.

Eva raufte sich die Haare. Wütend trat sie zu einem sehenswerten Sturmlauf an und krönte ihn mit einem Treffer. Ein Tor aufgeholt, immerhin.

Das ärgerte Maxilein. Eigentlich hätte er der unparteiische Schiedsrichter sein sollen. Es war aber offensichtlich, dass er die gegnerische Mannschaft bevorzugte. Alle seine Lieblinge spielten dort. Lautstark machte er die lauffaulen Verteidiger zur Schnecke, die Eva nicht genau genug gedeckt hatten. Durch sein Schimpfen wurden alle nur abgelenkt. Keine Minute später fiel noch ein Tor. Fünf zu zwei.

»Wechsel!«, kommandierte Maxilein. Er übergab Jasmin die Schiedsrichterpfeife und spielte selbst mit, natürlich in der Mannschaft seiner Lieblinge, als ob Evas Sumpftruppe mit den Schwergewichten Florian und Egon nicht schon unterlegen genug gewesen wäre.

Durch diese Ungerechtigkeit wurde Evas Mannschaft eher noch angespornt. Alle kämpften mit vollem Einsatz. Sogar Egon bewies so etwas wie Lauffreudigkeit, obwohl er dabei wie ein lungenkrankes Nilpferd schnaufte. An Patrick kam Maxilein ohnehin nie vorbei. Hart, aber fair nahm ihm Patrick immer wieder den Ball ab, dass es eine Freude war.

»Foul!«, brüllte Maxilein schließlich. »Und das im Strafraum. Das gibt Elfmeter.«

»Nie im Leben!«, entrüstete sich Patrick. »Ich habe den Ball gespielt.«

»Und dabei mein Schienbein getroffen.«

»Stimmt nicht. Nicht mal in die Nähe bin ich gekommen.«

»Ach? Dann habe ich den Schlag wohl geträumt? Elfmeter sage ich.«

»Seit wann darf ein Spieler gleichzeitig Schiedsrichter sein?«, protestierte Eva.

Der Lehrer nickte widerwillig. »Okay, die Schiedsrichterin soll entscheiden. Jasmin?«

Florian konnte es nicht fassen. Jasmin gab Maxilein Recht, obwohl sie das angebliche Foul selbst nicht gepfiffen hatte. Diese taube Nuss!

Da stand Florian nun allein im Tor, während sich der Lehrer genüsslich den Ball auflegte. »Das Runde, Weiße da ist der Ball«, feixte Maxi. »Du weißt schon, das Ding, dem du immer aus dem Weg gehst.«

»Endlich erklärt mir das jemand«, erwiderte Florian. Äußerlich blieb er cool, aber in Wahrheit kochte er vor Wut. Wenn er dem Angeber doch nur das Maul stopfen könnte!

Dir zeige ich's, dachte er. Ich beweise es dir, du Widerling! Dich mach ich fertig.

Maxilein nahm Anlauf. Schon bei den ersten Schritten merkte Florian, wie sich die Bewegungen des Lehrers verlangsamten. Die Anfeuerungsrufe der anderen wurden tief und dumpf. Wie in Zeitlupe näherte sich Maxilein dem Elfmeterpunkt. Er trat nach dem Ball. Der Ball hob ab, drehte sich leicht dabei, schwebte langsam wie ein Ballon auf das Tor zu.
Florian musste nur die Arme heben und danach greifen. Im Moment der Berührung merkte er, welche Kraft trotz der scheinbaren Langsamkeit in dem Schuss steckte. Der Ball beschleunigte von einem Augenblick zum anderen. Er knallte mit solcher Wucht gegen Florians Finger, dass dieser das Gleichgewicht verlor und auf den Rücken purzelte. Im selben Moment löste sich auch die Zeitlupe auf. Noch im Fallen sah der Junge, wie der abgelenkte Ball über die Querlatte sauste. Seine Mannschaftskollegen jubelten. Eva schlug sogar übermütig einen Purzelbaum.
Und Maxilein? Wahrscheinlich hatte ihn nie jemand so fassungslos gesehen, nicht einmal damals, als Florian bei einer Vokabelprüfung den Begriff »joint owner« (Miteigentümer) mit »Haschisch-Drogendealer« übersetzt hatte. Am Ende feierte Florians Mannschaft das verlorene Spiel wie einen Sieg.
»Das mit dem Elfer war super, super, super!«, schwärmte Eva. »Ich hab kaum gesehen, wie du dich bewegt hast, so schnell warst du.«

»Tja, die Masse macht's«, ätzte Bernd. »Fett ist gespeicherte Energie, heißt es.«
Sogar Maxilein schlug Florian anerkennend auf die Schulter. »Florian der Tiger«, sagte er augenzwinkernd. »Wer hätte das gedacht. Reflexe hast du jedenfalls gute. So wie du diesen Ball heruntergeholt hast, wärst du sogar ein heißer Kandidat für die Schülerliga. Mit etwas Diät und Training . . .«
»Nein«, lehnte Florian entschlossen ab. »Sport ist ungesund.« Bevor der verblüffte Lehrer etwas erwidern konnte, marschierte der Junge in den Duschraum.
Nach der Schule ging Florian nicht sofort nach Hause. Er spazierte am Flussufer entlang, wie immer, wenn er in Ruhe nachdenken wollte. Was zum Geier lief hier eigentlich ab? Während des Spiels hatte sich der Ball eindeutig in Zeitlupe bewegt. Und als Florian die Übersetzung schrieb, war die Umgebung überhaupt stillgestanden. Das konnte unmöglich alles Einbildung sein! Er hatte einen Elfmeter abgewehrt, gegen den sogar ein Profitormann alt ausgesehen hätte, dafür gab es genug Zeugen. Aber wenn es wirklich geschehen war, warum hatten die anderen nichts davon bemerkt? Konnte es sein, dass irgendetwas die Umgebung zur Zeitlupe verlangsamte, immer dann, wenn er in der Patsche steckte? Irgendwas oder irgendwer? Etwa so eine Art Schutzengel, der über ihn wachte?
»Quatsch lass nach«, murmelte Florian. Wütend kickte er einen Stein ins Wasser.
Es muss eine logische Erklärung dafür geben, dachte er. Vielleicht sollte ich wirklich mit Mutter reden. Aber

die hält mich garantiert für verrückt. Man müsste einen Wissenschaftler fragen oder so.
Er grübelte weiter: Verschieden schnelle Zeiten, gibt es so was überhaupt? Nachdenklich beobachtete er den Zeiger seiner Armbanduhr, wie er gleichmäßig vorwärts sprang, von Sekunde zu Sekunde. Nicht alle Uhren tickten gleich schnell. Manche gingen ein wenig vor, manche nach. Das hatte aber mit dem wahren Ablauf der Zeit nichts zu tun. Nur gefühlsmäßig verging die Zeit manchmal schneller, manchmal langsamer. Oft genug hatte Florian erlebt, wie Minuten, Stunden und Tage scheinbar nicht enden wollten, immer dann, wenn er etwas lange herbeisehnte, die Ferien, den Geburtstag oder den Weihnachtsabend. Manchmal war es umgekehrt. Manchmal, wenn Florian ein spannendes Buch las, wenn ihn ein Spiel oder ein Film total faszinierte, dann verging die Zeit wie im Flug.
Können Sekunden und Minuten unterschiedlich lang dauern? Und wenn es so ist, könnte man die Zeit beliebig beschleunigen oder bremsen, wie man es gerade braucht? Fasziniert von diesem Gedanken,starrte Florian weiter auf den Sekundenzeiger.
»Ich wünsche mir, dass die Zeit stillsteht«, flüsterte er.
»Steh still, Zeiger. Ich befehle es dir.«
Stur tickte die Uhr weiter. Obwohl Florian nichts anderes erwartet hatte, war er doch enttäuscht. Er schlenderte am Flussufer entlang, den Kopf voll Fragen.
Was ist eigentlich Zeit?, überlegte er. Ist sie nur das Vorwärtsspringen von Zeigern oder Ziffern auf Uhren?

In welchem Takt springt die Zeit vorwärts? Es gibt ja noch kleinere Zeiteinheiten als Sekunden, Zehntelsekunden, Hundertstel, Tausendstel . . . Wie klein ist der allerkleinste Augenblick? Gibt es den überhaupt? Florian ließ sich auf einem Granitblock nieder. Er streckte die Hand ins Wasser, hob sie wieder hoch und betrachtete sie. Einzelne Tropfen plumpsten von seinen Fingern zurück in den Fluss.

Die Tropfen, überlegte er, verschmelzen mit dem Fluss. Unzählige, winzige Tropfen bilden gemeinsam die Strömung. Man kann die einzelnen Tropfen nicht mehr sehen, und doch sind sie da. Ist es mit der Zeit ähnlich? Verschmelzen unzählige, winzige Augenblicke zu einer Strömung?

Er warf Blätter in den Fluss und überlegte weiter: Niemand kann feststellen, wie schnell sich einzelne Tropfen im Fluss bewegen. Am Ufer strömt das Wasser langsamer als in der Mitte. Könnte es mit der Zeit ähnlich sein? Der Gedanke ließ ihn nicht mehr los.

Ja, dachte er aufgeregt, ja, warum nicht? Zeit ist wie ein Fluss. Das klingt gut!

Erneut streckte er die Hand ins Wasser. Er beobachtete die Wirbel, die sich um die Finger in der Strömung bildeten. Er stellte sich vor, was da floss, wären unzählige Sekundentropfen, die Wellen schlugen, hinter den Fingern langsamer strömten.

Könnte man den Zeitstrom lenken wie fließendes Wasser? Florian lachte über diese verrückte Idee. Wie sollte man etwas ablenken, dass man weder sehen noch angreifen kann?

»Aber irgendwas ist passiert«, murmelte er. »Irgendwas hat die Zeit verdreht. Bloß wie?«
Er stützte den Kopf in die Hände. »Was ist wirklich geschehen, in der Englischstunde und beim Elfmeterschuss? Da war nichts! Ich habe beide Male die Panik vor einer unlösbaren Aufgabe gekriegt. Und plötzlich . . . ist es einfach so passiert.«
Florian entschloss sich zu einem Experiment. Absichtlich die Panik kriegen war schwer, aber nicht unmöglich. Er musste bloß seine Phantasie einsetzen. Also schloss er die Augen und stellte sich vor, Maxilein würde seinen Eltern alles über den megafaulen, missratenen Sohn erzählen. Ein wahres Horrorszenario! Trotzdem wollte die große Panik nicht aufkommen. Nun ja, schließlich lebte er schon Tage und Wochen mit dieser Angst. Wahrscheinlich war er abgestumpft.
Enttäuscht warf Florian einen Stein nach einem treibenden Stück Holz. Er verfehlte und versuchte es erneut. Wieder daneben. Das Holz bot ein schwieriges Ziel, denn es tanzte lebhaft in der Strömung. Florian zielte sorgfältig. Er konzentrierte sich auf das Holz, ließ es nicht aus den Augen, so als könne er es mit seinem Blick festnageln. Da passierte es wieder.
Der Himmel verdunkelte sich zu einem düsteren Rot. Das Holz lag erstarrt auf einer Wasseroberfläche, die wie eingefroren schien. Einen Wimpernschlag später war alles wieder normal.
»Boah!« Florian schrie vor Überraschung auf. Der Stein fiel ihm aus der Hand. »Das muss sich doch irgendwie steuern lassen.« Sofort fielen ihm tausend

Möglichkeiten ein, was er mit so einer Fähigkeit alles anstellen könnte.

»Wenn das möglich wäre«, murmelte er aufgeregt. »Dann, ja, dann ... Das wäre der absolute Überhammer!«

Nachdem er sich ein wenig beruhigt hatte, wollte er das Experiment wiederholen. Er scheiterte. Weitere vorbeitreibende Holzstücke ließen sich durch bloßen Blickkontakt nicht festnageln. Florian gab aber nicht auf, sondern konzentrierte sich auf den Fluss selbst. Er stellte sich in Gedanken vor, er würde mitten in der Strömung stehen und mit ausgebreiteten Armen gegen den Wasserdruck ankämpfen. Tatsächlich spürte er etwas, eine Art Widerstand, einen leichten Druck, aber nicht so, wie man mit den Händen fühlt. Es spielte sich alles nur im Kopf ab. Je mehr er den Gedankendruck auf die gedachte Strömung verstärkte, desto zähflüssiger fühlte sie sich an. Nein, »zähflüssig« war nicht das richtige Wort. Es war ... unbeschreiblich. Etwas, das man nicht sehen kann, nicht riechen, fühlen oder schmecken, lässt sich mit Worten nicht beschreiben.

Dieser Augenblick am Fluss veränderte Florians Leben. Bisher war ihm das seltsame Phänomen stets ungerufen passiert. Jetzt konnte er es bewusst steuern. Er konnte zusehen, wie sich alle Bewegungen verlangsamten und schließlich erstarrten. Diesmal blieb der Zustand stabil, selbst wenn er sich nicht mehr konzentrierte. Immer noch konnte er den Zeitstrom als leichten Druck im Kopf spüren. Das unbeschreibliche »Etwas«

floss nicht mehr, sondern wirkte wie eine feste, erstarrte Masse.

Florian fand sich in einer völlig veränderten Umgebung wieder.
»Wahnsinn lass nach«, flüsterte er. Die Sonne leuchtete blutrot. Alle Farben waren verändert. Sattes Grün, Gelb oder Blau existierten nicht mehr, nur noch Rot- und Braunschattierungen. Fast schien es, als habe die Abenddämmerung frühzeitig begonnen. Und doch hätte kein Sonnenuntergang dieses merkwürdige Farbenspiel hervorrufen können.
Florian hob einen Kiesel auf. Der Stein fühlte sich nicht ungewöhnlich an. Er war glatt, kühl und schwer wie immer. Erst als ihn der Junge in Richtung des gegenüberliegenden Ufers warf, geschah etwas Merkwürdiges. Kaum hatte der Stein Florians Hand verlassen, blieb er wie festgenagelt in der Luft hängen. Er wiederholte das Experiment mehrmals und erkannte, dass er sich in einer Art Zeitblase befand, die seinen Körper als unsichtbare Hülle umgab. Sobald die geworfenen Steine diese »Hülle« verließen, stoppten sie. Wenn der Junge den Steinen nachging, schwebten sie ein Stückchen weiter. Sie hielten stets den gleichen Abstand zu ihm.
Übermütig versuchte Florian, auf dem scheinbar gefrorenen Wasser zu gehen. Das klappte nicht. Genau wie immer sank er darin ein. Es sah aber witzig aus, wie sich das Wasser rund um seine Beine verhielt. Im Radius von einem dreiviertel Meter bildeten sich normale Wellen. An der Grenze zwischen den Zeiten aber

stießen die Wellen auf eine unsichtbare Mauer und schwappten zurück. Florian gab es auf, darüber nachzugrübeln. Er taufte diese Zeit, in der sich außer ihm nichts bewegte, die »Nullwelt«.
Eine Wildente fing er mit bloßen Händen. Der Quakerich war völlig überrumpelt. Zitternd starrte er den unversehens aufgetauchten Menschen an und machte keinen Fluchtversuch, obwohl er sich innerhalb der Zeitblase befand. Es dauerte fast eine Minute, bis der Vogel den Schock überwand und losflatterte. Natürlich kam er nicht weit. Kurz nach dem Start erstarrte die Ente, immer noch bequem in Reichweite von Florians Händen. Der Junge hätte sie jederzeit wieder einfangen können, mitten im Flug, wenn er nur rasch genug zugegriffen hätte.
Aufgeregt experimentierte Florian weiter, wanderte von Wunder zu Wunder. Nur eines trübte die kribbelnde Spannung. Konnte er wieder zurückfinden? Allzu große Sorgen machte er sich nicht. Schließlich hatte es schon mehrmals ohne sein Zutun geklappt. Er wollte es aber steuern können. Also stellte er sich erneut den Fluss der Zeit vor, spürte deutlich den leichten Druck im Kopf. Diesmal wollte er dem Druck nicht standhalten. Er gab nach und öffnete eine unsichtbare Schleuse, damit der Fluss wieder ungehindert strömen konnte. Verblüffend rasch wurde die Welt wieder normal. Florian jubelte. Die Rückkehr war viel leichter als das Eintauchen in die Nullwelt. Probeweise versuchte er es mehrmals hintereinander, eintauchen, Rückkehr, eintauchen, Rückkehr. Es klappte immer besser.

In der Nullwelt machte sich Florian auf den Heimweg. Fröhlich spazierte er vorbei an versteinerten Menschen und Tieren. Er wusste, dass er für sie unsichtbar war, und das gab ihm ein Gefühl der Freiheit, wie er es noch nie gespürt hatte. Anfangs machte er respektvoll einen großen Bogen um alle Leute. Doch schließlich konnte er nicht länger widerstehen. Die Versuchung, Streiche zu spielen, war zu groß.

An einer Bushaltestelle schnappte er sich den Hut eines älteren Herren. Bevor der Mann den Kopf drehen konnte, war der Junge längst wieder aus der gefährlichen Zone geflüchtet. Florian setzte den Hut einer Frau auf den Kopf, die zufällig daneben stand. Voll Vorfreude kehrte er in die Normalzeit zurück, gespannt darauf, wie die beiden reagieren würden. Doch weder der Mann noch die Frau hatten den Austausch bemerkt. Sie stiegen schweigend in den Bus und fuhren ab. Enttäuscht überlegte sich Florian einen neuen Streich.

»Huch!«, kreischte eine fein gekleidete Dame, als sie in den Hundekot trat, der urplötzlich vor ihr aufgetaucht war. Von mehreren Stellen hatte der Junge die Kacke zusammengetragen und liebevoll angehäuft. Das Ergebnis übertraf alle Erwartungen des Fallenstellers. So enorm war der Haufen, dass sogar ein Stöckelschuh darin stecken blieb. Nur mit Mühe konnte die Frau einen Sturz vermeiden. »Schweinerei!«, schimpfte sie. »In dieser Stadt kann man kaum einen Schritt machen, ohne dass ... Oh nein, sieh sich das einer an, igitt, igitt.« Mit spitzen Fingern fischte sie den Schuh aus der Kacke. Nicht nur Florian lachte über ihr angeekelt

verzogenes Gesicht. Schließlich wickelte die Frau den Schuh in Zeitungspapier und ging barfuß weiter.
Immer noch kichernd verkrümelte sich Florian in die Nullwelt.

Ein Punk, der im Park herumlungerte, war sein nächstes Opfer. Florian experimentierte mit dem Radiorekorder des Typen. Er stellte eine ganz spezielle Empfangsfrequenz ein. Dann wechselte er in die Normalzeit, um das Ergebnis zu genießen.
Die bisher schläfrig verkniffenen Augen des Punks wurden groß und kugelrund.
»Humta, humpta, humtattaa!«, dudelte plötzlich volkstümliche Blasmusik aus dem Radio. Vergeblich wartete Florian auf einen Wutausbruch. Der Punk glotzte nur ungläubig das Gerät an. Dafür reagierten andere umso heftiger. Von allen Seiten hagelte es Proteste.
»He, was soll der Scheiß?«, riefen die Kids vom nahen Spielplatz. »Bei dem Gejodel rollen sich einem ja die Schuhsohlen ein!«
Vorbeitrabende Jogger hielten sich die Ohren zu. Ein Hund begann zu jaulen.
Der Punk nahm es gelassen. Er setzte sich die Sonnenbrille auf und wiegte sich im Takt der ungewohnten Klänge. Das Geschimpfe der zwangsbeglückten Zuhörer war die schönste Musik in seinen Ohren.
Florian trollte sich fröhlich aus dem Park, auf neue Streiche aus. Er fühlte sich wie ein Gott. Alle waren ihm hilflos ausgeliefert. Immer frecher, immer gewagter wurden seine Späße.

Einem Polizisten bespritzte er die Hose mit Wasser. Der wurde furchtbar wütend und beschuldigte eine Frau, die zufällig mit ihrem Hund an der Leine vorbeigegangen war.

»Sie, können Sie nicht aufpassen?«

»Meinen Sie mich?«, fragte die Frau erstaunt.

»Ja, Sie! Ihr Köter hat mir gerade ans Pein gepinkelt. Sehen Sie sich das an. Das kommt teuer.«

»Mein Hasso? Aber nie im Leben! Der tut so was nicht. Er ist auch nicht mal in Ihre Nähe gekommen.«

»Ach? Ist die Hose vielleicht von allein nass geworden?«

»Mein Hund war es jedenfalls nicht. Das können Sie mir nicht anhängen.«

»Sie werden gleich sehen, was ich alles kann.« Der Polizist zückte einen Notizblock. »Ausweispapiere, bitte.«

»Ich habe keinen Ausweis mit.«

»Dann muss ich Sie aufs Revier mitnehmen und dort Ihre Personalien aufnehmen.«

»Na, so weit kommt's noch!« Die Frau verschränkte trotzig die Arme. »Ich habe nichts angestellt.«

»Meine Dame, muss ich Sie vielleicht in Handschellen abführen? Jetzt seien Sie vernünftig und kommen sie mit.«

»Ich denke nicht daran!«

Mit schlechtem Gewissen hörte Florian dem Streit eine Weile zu und verdrückte sich dann. Auf einen weiteren Sprung in die Nullwelt verzichtete er einstweilen. Er wollte nur noch nach Hause. Hundemüde fühlte er sich, obwohl es erst halb fünf war. Kein Wunder. Seine

Armbanduhr zeigte sieben vor zehn an. Mehr als fünf Stunden war er unterwegs gewesen, während die Zeit um ihn stillstand.

Bald darauf lag Florian in seinem Zimmer, die Arme hinter dem Kopf verschränkt. Voll Vorfreude dachte er an den nächsten Schultag. Ab sofort konnte ihm Maxilein den Buckel runterrutschen. Die Lehrer waren ihm ebenso hilflos ausgeliefert wie alle anderen Menschen.

Flüchtig dachte Florian an die unerledigten Hausaufgaben.

Vergiss es!, dachte er. Das hat jetzt Zeit, endlos Zeit.

IV. Der endlose Tag

Gleich nach dem Aufwachen wechselte Florian in die Nullwelt, damit er die angenehmen Minuten im warmen, weichen Bett länger genießen konnte. Aus Minuten wurden Stunden. Er pennte sogar noch mal ein. Selbst im Schlaf blieb er in seinem zeitlosen Zustand, wie der Uhrenvergleich deutlich machte. Beim ersten Aufwachen standen die Zeiger der Armbanduhr auf Punkt sechs. Nun zeigte die Uhr halb zehn, während der Wecker, außerhalb des Zeitfeldes, auf zehn nach sechs fest genagelt schien. Es war immer noch früher Morgen. Er hatte nichts versäumt.
Welch ein Leben! Ab* sofort konnte er jeden Tag nach Herzenslust ausschlafen, bis es im Bett langweilig wurde. Gemütlich schlenderte Florian in die Küche. Dort stand die Mutter erstarrt vor der Kaffeemaschine. Sie sah und hörte ihn nicht. Immer noch dachte Florian nicht daran, den zeitlosen Zustand zu beenden. Zuerst verdrückte er die Brote, die ihm seine Mutter zurechtgemacht hatte. Dabei las er einige

Comic-Hefte und trank drei Gläser Orangensaft. Schließlich, es war mittlerweile halb zwölf, entschloss er sich, den Tag beginnen zu lassen. Er kehrte zurück in die Normalwelt.

»Guten Morgen!« Florians Mutter wirbelte herum. Vor Schreck fiel ihr eine Tasse aus der Hand. Blitzschnell wechselte der Junge in die Nullwelt. Er konnte die Tasse abfangen, ehe sie auf den Boden knallte. Danach setzte er sich wieder an den Tisch, wo er vor dem Zeitsprung gewesen war. Die Mutter bekam die Aktion gar nicht mit. Sie sah nur plötzlich ein geringfügig anderes Bild ihres Sohnes vor sich, so als hätte Florian sich bewegt, während sie kurz geblinzelt hatte. Unsicher blickte sie zu Boden und rieb sich ungläubig die Augen. Die Tasse stand unversehrt auf den Fliesen. Eigentlich hätte das zarte Porzellanding in tausend Scherben zerspringen müssen. Noch nicht einmal den Aufschlag hatte sie gehört.
»Glück lass nach«, kommentierte Florian lässig.
»Meine Güte, Flori! Musst du dich so anschleichen? Du hast mich erschreckt.«
»Tut mir Leid.«
»Wenigstens bist du ausnahmsweise pünktlich. Setz dich, Schatz. Iss was. Nanu!« Stirnrunzelnd musterte die Mutter den Tisch, wo nach ihrem Zeitempfinden eben noch die Brote gelegen hatten. Florian erkannte seinen Fehler.
»Das Essen habe ich eingepackt«, log er.
»Warum das?«

»Ich hab gestern den Bus versäumt. Darum will ich heute früher weg. Ich esse in der Pause.«
»Aha. Aber der Bus fährt erst in einer halben Stunde.«
»Umso besser. Dann muss ich nicht hetzen. Tschüss!«
Er schnappte sich die Tasche und trat hinaus in den Flur, verfolgt von den misstrauischen Blicken seiner Mutter. Mit verschränkten Armen stand sie da. Sie beobachtete ihn, während er sich anzog, und sagte kein Wort. Das war ihre gewohnte Zermürbungstaktik. Florian hasste das.
»Stimmt was nicht?«, fragte er gereizt.
»Schon möglich.«
»Was?«
»Sag du es mir. Nun? Hast du nichts zu beichten?«
Florian überlegte fieberhaft. Es war nicht unmöglich, dass seine Mutter die Sache mit Maxilein spitzgekriegt hatte. In diesem Fall war es ratsam, ihr freiwillig alles zu sagen, denn nichts konnte sie so auf die Palme bringen wie eine Lüge. Es war aber ebenso gut möglich, dass sie bluffte, wie so oft. Florian entschied sich für das Risiko.
»Beichten?«, wiederholte er und bemühte sich, ein möglichst harmloses Gesicht zu machen. »Ich wüsste nicht, was.«
Für einige quälende Sekunden sah ihn die Mutter weiter schweigend an. Endlich entspannte sich ihr Gesicht. »Du wirkst heute so anders«, stellte sie fest, »so zappelig. Sonst tappst du um diese Zeit wie ein Bär nach dem Winterschlaf herum. Seit wann gehst du vor der Zeit raus? Ist da jemand, den du treffen willst?« Sie zwinkerte ihm zu. »Ein Mädchen?«

Florian atmete auf. Sie war auf der falschen Fährte. »Na und?«, brummte er, gespielt verlegen.
»Nichts und«, antwortete die Mutter lächelnd. »Wie heißt sie? Kenne ich sie? Jemand aus deiner Klasse?«
Florian flüchtete aus dem Haus. Jetzt bloß nicht umdrehen, dachte er, denn das erwartet sie von mir. Trotzdem blickte er über die Schulter und entdeckte, wie erwartet, einen blonden Haarschopf hinter dem Vorhang am Fenster hervorlugen. Ja, dort lauerte sie in der Hoffnung, einen Blick auf seine vermeintliche Freundin zu erhaschen. Mütter!

Gibt es etwas Schrecklicheres als die Minuten vor einer Englischarbeit? In der Klasse herrschte jener hektische Wahnsinn, der solchen Ereignissen stets vorausgeht. Vokabeln wurden auf die Handinnenseite gekritzelt, Grammatikregeln wiederholt. Es wurden Vermutungen und Befürchtungen geäußert. Man prüfte sich gegenseitig. Einige bekämpften ihre Nervosität durch ausgelassenes Herumtoben, andere saßen dumpf grübelnd über den Heften. Nur Florian benahm sich anders als üblich. Gelassen lehnte er sich zurück und beobachtete voll Schadenfreude seinen Banknachbarn, der hektisch im Vokabelheft blätterte.
»Kannst du dein dämliches Grinsen nicht anderswo parken?«, schnauzte Bernd ihn an.
»Du siehst irgendwie nicht gut aus«, erwiderte Florian. »Probleme?«
»Von wegen Probleme«, knurrte Bernd gereizt. »Du hast es gerade nötig. Im Unterschied zu dir kann ich

mir eine verpatzte Arbeit leisten, ohne dass gleich meine Versetzung gefährdet ist.«
»Warum flippst du dann so?«, fragte Florian. »Stress lass nach. Entspann dich.« Lässig legte er die Beine auf den Tisch.
Bernd konnte seine Verblüffung nicht verbergen. Heute war die letzte Englischschularbeit vor den Ferien. Ausgerechnet Florian, der sonst sogar vor jeder gewöhnlichen Englischstunde halb durchdrehte, spielte den Coolen.
»Jaah, das ist die richtige Einstellung!«, lobte Patrick. »Endlich hast du es kapiert, Junge.« Er klopfte seinem Freund anerkennend auf die Schulter. »Wird schon schief gehen.«
Auch Eva wurde hellhörig. »Nanu, Copy-King, auf welchem Trip sind wir denn heute? Gar kein Muffensausen? Die heutige Arbeit könnte für dich entscheidend sein.«
»Das Wort Angst kenne ich ab sofort nicht mehr.«
»Er hat nichts mehr zu verlieren«, vermutete Bernd, »weil er schon vorher weiß, wie die Arbeit ausgeht, ha, ha, ha!«
Florian nickte. »Stimmt. Ich weiß, dass es diesmal sehr gut für mich ausgehen wird.«
»Heißt das, du hast ausnahmsweise was gelernt?«, fragte Eva erstaunt. »Wow!«
»Nie im Leben«, sagte Bernd. »Ich wette, der hat nicht mal das Vokabelheft aufgeschlagen.«
»Ich wette um mein ganzes Monatstaschengeld, dass ich diesmal ein ›Sehr Gut‹ schreibe«, erwiderte Florian selbstbewusst.

Bernd schnaubte verächtlich. »Na klar, und dann bist du aufgewacht.«
»Übertreib nicht so«, raunte Patrick seinem Freund ins Ohr.
»Ich meine es ernst«, sagte Florian extra laut. »Ich wette mit Bernd um mein Monatstaschengeld, dass ich auf diese Englischarbeit die Note ›Sehr Gut‹ bekommen werde. Und wenn Bernd verliert, kassiere ich sein Taschengeld. Was ist, gilt es? Dann schlag ein.«
Applaus und Jubel belohnte Florians gewagte Aussage. Die ganze Klasse versammelte sich um ihn. Patrick schüttelte den Kopf.
Misstrauisch betrachtete Bernd die ausgestreckte Hand. »Das ist ein Trick«, vermutete er. »Du willst mich veräppeln. Ich bekomme wahrscheinlich viel mehr Taschengeld als du. Womöglich kriegst du diesen Monat überhaupt nichts, weil du was ausgefressen hast.«
Florian knallte eine Zehn-Euro-Note auf den Tisch. »Das ist mein Einsatz. Eva kann das Scheinchen verwahren, bis wir die Arbeit zurückbekommen. Jetzt du.«
»So viel habe ich nicht bei mir«, murmelte Bernd. »Außerdem zocke ich nie um so viel Geld.«
»Buh!«, riefen die anderen. »Der hat Schiss.«
»Stell dich nicht so an, es ist leicht verdientes Geld«, riet Jasmin. »Der Copy-King kann nicht gewinnen. Der blufft.«
»Aber Schneid hat er, das muss man ihm lassen«, warf Eva ein. »Bernd ist dagegen ein feiges Würstchen.«

»Wettest du auch mit mir, King?« Egon legte an Bernds Stelle einen Geldschein auf den Tisch.
»Klar, warum nicht.«
Egon lächelte siegessicher. »Wenn ich gewinne, möchte ich aber statt dem Zehner deine Pausenbrote haben, und zwar drei Wochen lang.«
»Gieriger Sack!«, schimpfte Patrick. »Wenn man das zusammenrechnet, sind es viel mehr als zehn Mäuse.«
»Drei Wochen Fresspaket sind okay«, willigte Florian ein. »Im schlimmsten Fall nehme ich wenigstens was ab.« Mit Handschlag besiegelten die beiden den Pakt. Eva nahm Egons Zehner in Verwahrung. Patrick warf seinem Freund einen fragenden Blick zu. Der zwinkerte schelmisch zurück. Für Erklärungen blieb keine Zeit mehr, denn die Pausenglocke schrillte und Maxilein erschien pünktlich auf die Minute.
»Good morning, ladies and gentlemen!«
»Good morning, teacher, Sir!« Florian plärrte den Gruß militärisch zackig heraus, wofür er von Maxilein ein süßsaures Lächeln erntete.
»Are you all right? Well, lets go. Actiontime!« Schwungvoll und zielsicher warf der Lehrer den Schülern ihre Hefte zu. »Die kopierten Blätter mit den Prüfungsaufgaben habe ich bereits eingeklebt«, berichtete er ausnahmsweise auf Deutsch. »Wer vor der Zeit fertig ist, darf sich für den Rest der Stunde vertschüssen. Noch Fragen?«
»Von wegen«, raunte Bernd Florian zu. »Bei der Menge an Aufgaben kommt man nicht mal in der vollen Zeit über die Runden.«

»Du vielleicht nicht«, entgegnete Florian. »Ich hab Zeit genug.«
»Angeber«, flüsterte Bernd zurück. »Mach dich auf eine dreiwöchige Diät gefasst.«
»Wenn du so sicher bist, warum hast du dann nicht gewettet?«
»Weil ich . . .«
»Meine Lieben«, mischte sich Maxilein ein, »würdet ihr euer gemütliches Schwätzchen bitte nach der Arbeit abhalten? Florian, du darfst nach hinten in die leere Bank gleich neben dem Fenster übersiedeln. Da kannst du dich bequem ausbreiten und hast einen Platz an der Sonne. Ist das fein?«
»Vom Allerfeinsten«, konterte Florian schlagfertig. »Großzügigkeit lass nach. Sie sind so nett zu mir.«
»Nicht doch, du verdienst es«, beteuerte Maxilein. »Unter besten Freunden ist das nicht der Rede wert.«
Bereitwillig wanderte Florian auf die zugewiesene Bank aus. Es war ihm nur recht. So konnte Maxilein vom Pult aus nicht feststellen, ob er tatsächlich schrieb oder nur so tat. Florian wollte abwarten, bis alle anderen fertig waren, bevor er sein neues Talent einsetzte. Leider lief es nicht wie geplant. Kaum fünfzehn Minuten waren vergangen, da machte sich Maxilein schon auf den Weg zu einem Kontrollgang durch die Bankreihen. Florian, der bisher nicht ein Wort geschrieben hatte, wartete, bis der Lehrer gefährlich nahe kam. Dann erst wechselte er in die Nullwelt. Unsichtbar schlenderte er anschließend von Bank zu Bank. Er inspizierte die Hefte der Klassenkameraden. Dabei ach-

tete er peinlich darauf, dass er niemandem zu nahe kam, damit nicht versehentlich jemand in die Zeitblase geriet. Florian staunte, wie unterschiedlich die Leistungen der anderen waren. Für Egon sah es schlecht aus. Der Dicke hatte kaum ein paar Zeilen geschrieben, und selbst das Wenige war größtenteils durchgestrichen und mehrmals korrigiert. Patrick dagegen war Spitze, wie immer. Florian hütete sich diesmal davor, von seinem besten Freund abzuschreiben. Falls Patrick etwas verbockte und sie beide exakt die gleichen Fehler machten, könnte Maxilein misstrauisch werden. So hielt Florian sich an Eva. Er schnappte sich das Heft der Klassensprecherin und verglich ihre bisherigen Ergebnisse mit denen von Patrick. Vieles stimmte beinahe wortgleich überein. Dort, wo er nicht sicher war, kiebitzte Florian zusätzlich in anderen Heften. Sorgfältig schrieb er ab. Nur die zwei letzten Sätze lernte er auswendig. Danach schob er Evas Heft wieder an die Position, von der er es ausgeliehen hatte. Falls sie überhaupt eine Veränderung bemerkte, würde sie es bestimmt für eine Sinnestäuschung halten.

In aller Ruhe setzte sich Florian zurück auf seinen Platz und nahm Schreibhaltung ein. Er sprang zurück in die Normalzeit.

Maxilein, der mitten im Schritt erstarrt gewesen war, erwachte zu neuem Leben. Hinter Florian blieb er eine Weile stehen und guckte ihm über die Schultern.

Extra langsam schrieb der Junge die auswendig gelernten Sätze nieder. Dabei hoffte er, dass sich der lästige

Knilch bald wieder verzog. Wenn Maxilein länger hier rumhing, wurde es nämlich ungemütlich. Dabei wusste Florian aus Erfahrung, dass es der Lehrer nur gut meinte. Bei Schularbeiten benahm er sich nämlich ausnahmsweise anständig. Er kümmerte sich um die schwächeren Schüler, gab ihnen Tipps und machte sie auf Fehler aufmerksam. Gelegentlich flüsterte er einem sogar die passende Übersetzung zu.

Endlich spürte Florian eine leichte Berührung an der Schulter.

»Weiter so«, flüsterte Maxilein. »Du schaffst das.«

Der Lehrer wandte sich nun verstärkt Egon zu, der verzweifelt den Kopf in beide Hände stützte. Florian verfiel wieder in seine abwartende Haltung. Keine einfache Sache. Das Zeitschinden war anstrengender, als er vermutet hatte, viel anstrengender sogar. Bald lagen seine Nerven blank. Alle paar Minuten ließ er sich in die Nullwelt fallen, wo er ungeduldig die Hefte der Klassenkameraden inspizierte. Gab es wieder den einen oder anderen Satz zum Abschreiben? Er machte sogar Ausflüge in andere Klassen, um sich abzulenken, obwohl er wusste, dass ihm das keinen Zeitgewinn brachte. Bei einem solchen Spaziergang hatte er ein echtes Horrorerlebnis.

Aus den Augenwinkeln nahm Florian eine flüchtige Bewegung wahr. Irgendjemand oder irgendetwas huschte um die Ecke des Korridors. Eine Bewegung, hier in der Nullwelt, wo außer ihm alles erstarrt sein sollte. Schock lass nach!

»Hallo«, krächzte er. »Hallo, ist da jemand?«

Nichts. Wahrscheinlich nur eine Sinnestäuschung. Oder doch nicht?
Im nächsten Moment war es wieder da, diesmal direkt in Blickrichtung. Ein nebelhaftes Etwas drang durch die Wand. Florian war so geschockt, dass er nicht davonlaufen konnte. Er spürte, wie sich seine Körperhaare aufstellten. Das Ding sah genauso aus, wie man sich einen Geist vorstellt, weiß und durchscheinend, halb schwebend, halb durch die Luft fließend. Gelegentlich blitzten bunte Funken in dem wabernden Weiß auf. Der Körper, wenn man ihn so nennen wollte, überragte Florian um knapp einen Meter. Mit Phantasie konnte man das obere Ende als »Kopf mit wallendem Schleier bezeichnen«. Arme oder Beine waren nicht erkennbar.
Das Nebelgebilde stoppte dicht vor dem Jungen. Florian konnte weder Augen noch Mund oder Nase erkennen. Dennoch starrte ihn jemand oder etwas an. Er spürte es.
»H-hallo«, stieß Florian noch einmal hervor.
Das Ding reagierte unerwartet. Dort, wo sich bei einem Menschen die Arme befanden, spreizte die Erscheinung plötzlich flügelähnliche Nebelschwingen von sich, wie ein riesiger Vogel. Das Ding schwebte senkrecht nach oben, lautlos, ohne Flügelschlag. Dort, wo es durch die Zimmerdecke drang, blieb keine Spur zurück. Jetzt endlich überwand der Junge den Schock. Er flüchtete aus dem Zimmer und aus der Schule. Nichts wie weg von hier!

Florian kam nicht weit. Dem untrainierten Läufer ging bald die Luft aus. Keuchend lehnte er sich an eine Hauswand. Sein Puls und seine Nerven beruhigten sich nur langsam.
Was war das eben gewesen? Tatsächlich ein Geist? Geschichten über Außerirdische, Gespenster und Engel kamen ihm in den Sinn.
Wenn es wirklich ein intelligentes Wesen war, dachte er, hat es sich jedenfalls nicht aggressiv verhalten. Kein Grund zur Panik. Trotzdem fühlte er sich in der Nullwelt nicht mehr so wohl und unangreifbar wie bisher.
Es dauerte lange, bis er sich zurück zur Schule wagte.
Er hatte aber keine Wahl. Er musste die elende Englischarbeit hinter sich bringen.
Auf dem Weg drehte er sich immer wieder um, war stets fluchtbereit. Von dem weißen Wesen entdeckte er keine Spur. Trotzdem hatte er das unheimliche Gefühl, dass ihm Beobachter im Nacken saßen.

Im Klassenzimmer hatte sich nichts verändert. Maxilein stand immer noch bei Egon. Florian kehrte zurück in die Normalzeit. Er musste irgendwie diese bescheuerte Englischarbeit hinter sich bringen. Weiter tat er so, als würde er schreiben. Dabei schielte er stets zu Maxi.
Diesen heimtückischen Schleicher durfte man nicht aus den Augen lassen. Er bewegte sich so leise, dass man nie sicher sein konnte, ob er nicht wieder hinter einem stand. Endlich, endlich verzog sich der Schnüffler zurück an sein Pult. Florian konnte sich ein wenig entspannen. Er fühlte sich zunehmend erschöpft. Alle

paar Minuten blickte er auf die Uhr. Mann, das zog sich!
Nach zehn Minuten erhob sich Maxilein erneut, um nach dem Rechten zu sehen. Florian musste wieder aktiv werden. Brave Eva! Sie hatte tatsächlich bis auf die letzten zwei Aufgaben alles gelöst. In aller Ruhe schrieb Florian von ihr ab.
Diesmal warf der Lehrer nur einen flüchtigen Blick in Florians Heft. Er nickte und streckte den Daumen nach oben.
Endlich geschafft! Erschöpft lehnte Florian sich zurück. Seine Armbanduhr zeigte halb sechs Uhr abends. Er hatte den Tag so gut wie hinter sich. Für die anderen fing er erst richtig an.

»Wie ist es gelaufen?«, erkundigte sich Patrick.
»Wunderprächtig!«, versicherte Florian. »Es wird ein ›Sehr Gut‹, sagte ich ja bereits.«
»Klar doch.« Patrick grinste und fügte flüsternd hinzu: »Das mit der Wette war eine coole Aktion. Du hast diese Laus Bernd ordentlich blamiert. Das war längst fällig. Nur der Dicke war schlau genug und hat den Bluff durchschaut. Tja, Pech. Jetzt musst du ihn mästen.«
Er deutete auf Egon. Der Dicke mampfte gerade behaglich Florians Pausenbrot. Florian traute seinen Augen kaum. »Dieb!«, schrie er entrüstet. »Sag, bist du noch ganz dicht?«
»Rög düch ab«, entgegnete Egon mit vollem Mund. »Drei Wochen Fresspaket waren ausgemacht. Wenn ich gleich heute anfange, hast du es früher hinter dir.«

»Noch habe ich die Wette nicht verloren, du Gierschlund.«
»Hmpf, stimmt, 'tschuldigung.« Egon bot ihm das angebissene Brot an.
»Vergiss es«, sagte Florian angewidert. »Ersticken sollst du daran.«
Er überlegte ernsthaft, ob er sich in der Nullzeit an Egon rächen sollte, ließ es aber doch bleiben. Der Dicke war kein übler Kerl, und er hatte es ohnehin schwer genug.

Die anschließende Mathestunde verlief öde zum Quadrat. Geometrie hatte Florian schon im Vorjahr nicht ausstehen können. Auch im Geschichtsunterricht konnte er vor Langeweile kaum das Gähnen unterdrücken. Zudem wurde der Kohldampf immer schlimmer. Schließlich hatte er seit dem Frühstück nichts gegessen. Was hinderte ihn eigentlich daran, sich etwas Nahrhaftes zu besorgen? Nichts!
Im Schutz des Zeitfelds verließ er das Klassenzimmer und die Schule. Der nahe gelegene Supermarkt war sein Ziel. Erwartungsvoll wanderte Florian die Regale entlang. Jede Menge Köstlichkeiten gab es da. Er konnte sich nach Herzenslust bedienen, ohne zu bezahlen. Höchstwahrscheinlich würde es nicht einmal auffallen, wenn unter den unüberschaubar vielen Waren einige Kleinigkeiten fehlten. Es traf auch keinen armen Kleinladen, sondern eine reiche Supermarktkette. An der Kasse drückte Florian das schlechte Gewissen. Er hinterlegte drei Euro. Mehr hatte er nicht bei sich. Morgen

wollte er wiederkommen und den fehlenden Betrag ergänzen. Den Comic aus dem Papiergeschäft klaute er nicht. Er lieh ihn sich bloß aus. Das Heftchen wurde gewiss nicht schlechter, wenn man es las und dann zurück ins Regal legte. Florian machte es sich auf einer Parkbank gemütlich. Er aß, trank und las. Erst als die Uhr halb neun zeigte, überlegte er sich, ob er sich nicht langsam auf den Weg machen sollte. Zahlte sich das überhaupt noch aus? In der Normalzeit war es kurz vor zehn, und der Unterricht dauerte bis drei. Er rechnete nach. Für ihn würde die Schule dann um zwei Uhr früh enden. Gähn lass nach! Da konnte er auch gleich nach Hause gehen und pennen. Die Versuchung war groß.
Florian wagte es nicht. Was würde geschehen, wenn er im Schlaf ungewollt in die Normalzeit zurückkehrte, während eines Traumes vielleicht? Er konnte eine solche Panne nicht ausschließen. Nicht auszudenken, wenn er sich, mitten im Unterricht, plötzlich in Luft auflösen würde. Dann wäre seine wunderbare Gabe verraten. Und das alles nur, weil er ein bisschen müde war? Nein, auf keinen Fall! Er musste durchhalten und künftig besser auf die Zeit achten.
In der Klasse hatte sich nichts geändert. Frau Frick, die Geschichtslehrerin, stand immer noch starr vor der Tafel. Florian ließ den Zeitstrom wieder normal fließen. Die Stimme der Lehrerin kam ihm nach der Stille der Nullwelt überlaut vor. Selbst die vielen unbedeutenden Nebengeräusche, auf die er sonst nicht achtete, fielen ihm nun auf, das Knarren der Bänke, das gelegentliche Flüstern der Mitschüler, ja selbst das Atmen

anderer Menschen. Müde lehnte er sich zurück und ließ sich vom faden Gequassel über den Dreißigjährigen Krieg berieseln.
Nach Geschichte folgte eine Stunde Physik. Das gab Florian den Rest. Den Kopf in die Hände gestützt, folgte er kaum noch dem Vortrag über Elektrizität. Seine Gedanken beschäftigten sich mit wichtigeren Dingen, vor allem, wie er künftig seine Zeit besser einteilen könnte.

»Guten Morgen! Hallo, jemand zu Hause?« Etwas klopfte gegen seinen Kopf.
Florian blinzelte verwirrt. Er sah das Gesicht der Lehrerin und hörte Gelächter.
»Ist mein Vortrag wirklich so langweilig, dass man dabei einschläft?«
»'tschuldigung«, murmelte Florian.
»Bist du krank? Willst du dich vom Unterricht abmelden?«
»Nein, ich bin nicht krank. Hab heute Nacht nur schlecht geschlafen. Tut mir echt Leid.«
»Das will ich hoffen«, sagte die Lehrerin. »Unser Thema lautet Strom und Spannung. Wer in meiner Stunde einpennt, wird künftig mit einem Stromstoß geweckt. Alles klar?«
Florian grinste unsicher, und die Lehrerin grinste zurück. »Geh auf die Toilette und wasch dein Gesicht mit kaltem Wasser. Wenn ich dich ansehe, bekomme ich selbst das große Gähnen.« Unter Gelächter und Applaus befolgte Florian den Rat.

In der Mittagspause war Florians Schlafnummer natürlich Thema Nummer eins. Patrick meinte, das müsste man auch bei anderen Lehrern ausprobieren. Am besten wäre es, wenn mehrere gleichzeitig die Schläfer spielen würden. Die meisten stimmten begeistert zu. Florians Müdigkeit war indessen verflogen. Er genoss es, im Mittelpunkt zu stehen.

Nachmittags stand eine Stunde Deutsch auf dem Programm. Niemand wagte es, die Schlafnummer während dieser Stunde durchzuziehen, denn mit Herrn Koch war nicht gut Kirschen essen. Dafür musste der arme Religionslehrer dran glauben. Pater Richard nahm es in seiner gelassenen Art hin, selbst als die halbe Klasse so tat, als würde sie selig vor sich hin schlummern. Florian brauchte nicht so zu tun, als ob. Er pennte tatsächlich. Patrick weckte ihn am Ende der Stunde.
»Hm?«, murmelte Florian verwirrt. »Was liegt an?«
»Mann, du hast echt ein Problem«, sagte Patrick. »Was haste letzte Nacht getrieben? Sag nicht, du hast Englisch gepaukt.«
»Warum nicht? Ab und zu muss jeder mal was lernen.«
»Das kannst du deiner Oma erzählen«, erwiderte Patrick grinsend. »Bist wieder vor dem PC gehockt, bis der Joystick gequalmt hat, stimmt's?«
»Uaah!« Florian gähnte herzhaft. Er ließ den Kopf wieder auf die Arme sinken. Jetzt, nach dem kurzen Nickerchen, fühlte er sich noch müder als zuvor.

»Jetzt komm endlich«, forderte Patrick. »Die andern sind längst am Sportplatz.«
»Hä? Sportplatz? Mir bleibt auch nichts erspart.«
»Heute ist Leichtathletik angesagt. Bewegung an der frischen Luft ist genau das Richtige für dich. Das macht munter.«
Wie ein Schlafwandler folgte Florian dem Freund in den Umkleideraum.

Als Letzte erschienen die beiden am Sportplatz. Maxilein tat so, als habe er ihre Verspätung nicht bemerkt. Offenbar war der Lehrer bester Laune. Er winkte ihnen und deutete auf die Sandbahn, wo die anderen bereits Kniebeugen und Dehnungsübungen machten.
»Wärmt euch auf, Jungs. Ich will sehen, was ihr über die zweitausend Meter draufhabt. Gestartet wird in Sechsergruppen. Eva, Fred, Patrick, Florian, Lisa, Kevin!«
Schreck lass nach! Seufzend schlurfte Florian in Richtung Startlinie. Eigentlich war es ihm nur recht, wenn er es gleich hinter sich hatte.
»Nicht dorthin, hierher zu mir«, kommandierte Maxilein. »Ihr helft mir die Zeiten zu stoppen.« Er verteilte die Stoppuhren und wies jedem der Sechs einen Läufer zu. Florian sollte Egons Laufzeit feststellen. Der Lehrer selbst nahm eine Tabelle zur Hand.
»Geht es am Anfang nicht zu schnell an«, riet Maxilein der ersten Gruppe. »Schön gleichmäßig laufen und atmen. Also dann!« Er klatschte in die Hände und gab das Startkommando.

Voll Mitleid verfolgte Florian Egons Lauf. Die erste halbe Runde hielt sich der Dicke ganz gut, immer dicht hinter dem führenden Bernd. Dann fiel er stetig zurück. Eva rief Bernd bereits die erste Rundenzeit zu, da hatte Egon noch nicht einmal die zweite Kurve erreicht. Schwitzend und keuchend trabte er schließlich vorbei. Florian stellte seine Rundenzeit fest und gab sie an Maxilein weiter, der sie kopfschüttelnd notierte.

Gegen Ende der zweiten Runde presste sich der Dicke beide Hände auf die schmerzende Seite. Florian konnte ihm seinen Schmerz nachfühlen. Auch er bekam immer Seitenstechen, wenn er über derart ungesunde Distanzen laufen musste.

Egon gab nicht auf, auch nicht als er von den anderen Läufern überrundet wurde. Gelegentlich legte er sekundenlange Gehpausen ein, taumelte aber stets weiter. Alle anderen waren längst am Ziel, als er die vierte Runde beendete. Die nächste Sechsergruppe wartete bereits ungeduldig am Start.

Jetzt erst unterbrach Maxilein das grausame Spiel. Er schenkte Egon die letzten vierhundert Meter. Egon ließ sich einfach ins Gras fallen. Keuchend lag er auf dem Rücken und brachte kein verständliches Wort heraus.

»Tapfer gekämpft«, lobte Maxilein. »Bernd und Fred, helft ihm auf. Er soll jetzt nicht liegen, sondern eine Minute langsam gehen.«

Florian sah, wie der Lehrer die Note »Sehr gut« notierte. Das erstaunte ihn umso mehr, weil Bernd, der als Sieger durchs Ziel gegangen war, nur ein ›Gut‹ bekommen hatte. Maxilein bemerkte Florians Verwunderung.

»Jeder wird nach seinen Möglichkeiten beurteilt«, sagte er so laut, dass es alle hören konnten. »Ein schwacher Läufer, der sich voll einsetzt, ist mir lieber als ein guter Sportler, der nicht alles gibt. Alles klar, Sportsfreund?«
Florian war sprachlos. Er musste wohl ein total bescheuertes Gesicht gemacht haben, denn der Lehrer lachte schallend, als er ihn ansah. Er boxte Florian sogar spielerisch in die Seite, was er sonst nur bei seinen Lieblingen tat.
»Ein ›Gut‹«, raunte er ihm dabei zu. »Ich habe es noch in der Mittagspause korrigiert, weil ich es nicht glauben konnte. Es geschehen noch Zeichen und Wunder.«
Florian wusste, dass er damit die Englischarbeit meinte. Er fühlte sich gleichzeitig erleichtert und enttäuscht. Nur ein »Gut«, kein »Sehr gut«? Pech lass nach! Wer hatte da Mist gebaut, Eva, Patrick oder beide? Nun musste er Egon drei Wochen lang durchfüttern.
Egal. Wenigstens war seine Versetzung nicht mehr gefährdet, und das war die Hauptsache.
Bevor er seinen Erfolg feiern konnte, musste er noch eine Kleinigkeit erledigen.
Denn jetzt sollten die sechs Zeitnehmer als letzte Gruppe zum Zweitausendmeterlauf antreten. Obwohl Florian hundemüde war, freute er sich darauf. Er würde garantiert nicht mit Seitenstechen auf dem Rücken liegen!

Er begann den Lauf ähnlich wie Egon, immer knapp hinter dem führenden Patrick. Beinahe die ganze erste Runde hielt er das durch, länger als erwartet. Dann erst kam er außer Atem. Das war aber kein Problem, denn mittlerweile war das Wechseln in die Nullwelt ein Klacks für ihn. So legte er, unsichtbar für alle anderen, eine Erholungspause ein. Auf dem Rücken liegend entspannte er sich, bis sich Puls und Atmung normalisierten. Danach stellte er sich wieder in Position und löste die erstarrte Szene auf. Weiter ging es, brav hinter Patrick her. Mann, war der Kerl schnell! Wie konnte er dieses ungesunde, ja mörderische Tempo so lange durchhalten? Dabei plauderte die Quasseltüte noch locker mit ihm.

»Gut machst du das, Alter«, lobte er Florian. »Du bringst das, wirst sehen. Gleichmäßig atmen. Stell dir vor, du fliegst. He, hast du schon den neuesten Witz gehört? Was ist der Unterschied zwischen einem Gehängten und Penicillin?«

»Weiß nicht«, keuchte Florian. Er konnte die Auflösung nicht abwarten. Die nächste Pause war fällig. Schweißausbruch lass nach!

Diesmal ging er runter zum Fluss, um sich das verschwitzte Gesicht zu waschen. Eine gute Idee. Das kalte Wasser belebte ihn herrlich. Er hielt sich nicht länger auf und startete wieder durch.

»Ganz einfach«, fuhr Patrick fort. »Penicillin ist ein Heil-Serum und der Gehängte hat ein Seil-herum. Ha, ha, ha!«

»Ähem«, machte Florian. Mehr brachte er nicht heraus. Er brauchte all seine Luft zum Laufen.

»Mann, der hat einen längeren Bart als mein Uropa«, ätzte Eva. Die dritte Runde begann.

»Kennt ihr den mit dem Affen und dem Nilpferd?«
»Gnade!«, flehte Eva. »Da hilft wohl nur die Flucht.« Sie überholte die beiden Freunde und setzte sich leichtfüßig an die Spitze.
Patrick murrte. »Muss diese Streberin immer und überall vorne sein?«
»Strebsucht lass nach«, bestätigte Florian keuchend. Ihm ging schon wieder die Luft aus.
In der Nullwelt betrachtete er Eva bewundernd. Gut sah sie aus in ihrem knappen Sportdress, das musste man ihr lassen. Goldblonde, schweißverklebte Haarsträhnen hingen ihr ins Gesicht. An ihrem Körper passte alles. Warum fiel ihm erst jetzt auf, wie hübsch die Klassensprecherin war? Bedauernd sah Florian an sich herunter. Er selbst war alles andere als ein Mädchenschwarm. Vielleicht konnte er sie heute beeindrucken?
Vor den letzten hundert Metern legte Florian eine extra lange Pause ein. Noch einmal ging er zum Fluss, um sich frisch zu machen. Das Finish sollte schließlich spektakulär werden.
Eva und Florian hatten sich mittlerweile von den anderen abgesetzt. Patrick war weit zurückgefallen. Sein übermütiges Gequatsche rächte sich jetzt.
Florian setzte zum Überholen an. Eva wehrte sich. Die Klassensprecherin kämpfte bis zum Umfallen. Es durfte einfach nicht wahr sein, dass sie von diesem faulen Antisportler geschlagen wurde! Großzügig überließ Florian ihr den Sieg.
Der Jubel im Ziel war ihm trotzdem sicher. Besonders Patrick war fassungslos.

»So eine Schnarchpause im Unterricht wirkt anscheinend Wunder«, meinte er. »Das muss ich mir merken. Ab sofort ist vor jeder Sportstunde ein Nickerchen angesagt.«
»Richtig, ein Wunder«, stammelte Eva. Sie war total fertig. »Hast du Wunderpillen geschluckt oder was?«
»Er hat monatelang seine ganze Energie für diesen Tag aufgespart«, vermutete Maxilein. »Wirklich erstaunlich. Wenigstens ist es nun offensichtlich, wozu der Kerl fähig ist, wenn er nur will. Junge, wenn du nur ein wenig trainieren würdest, dann . . .«
»Sport ist ungesund«, unterbrach ihn Florian.
Der Lehrer schlug sich resignierend an die Stirn. »Wenn Trägheit weh tun würde, du würdest Tag und Nacht vor Schmerzen brüllen. Geh mir aus den Augen, Faultier!«

Das Laufen und der Triumph hatten Florian wach gehalten. Jetzt, nach dem Duschen, spürte er erneut die Strapazen dieses endlos erscheinenden Tages.
»Deine Uhr geht zehn Minuten vor«, bemerkte Patrick.
Florian nickte. Die Uhr seines Freundes zeigte fünf nach drei an, seine eigene Viertel nach drei. Der Unterschied war nur, dass es für Patrick drei Uhr nachmittags war und für Florian drei Uhr früh. Auf dem Heimweg stolperte Florian mehr als er ging. Der Freund begleitete ihn noch bis zur Haustür.
»Siehst aus, als würdest du gleich aus den Latschen kippen«, sagte Patrick. »Lass den PC heute besser ausgeschaltet.«

»Ja«, murmelte Florian nur. »Gute Nacht.«
Kaum hatte sich die Tür hinter ihm geschlossen, wechselte Florian in die Nullwelt. Er hatte keine Lust, sich den üblichen Fragen seiner Mutter zu stellen, »Na, wie war es heute in der Schule?« und so. Er wankte in sein Zimmer und ließ sich aufs Bett fallen.
Neun Stunden später erwachte Florian. Es war immer noch Viertel nach drei. Er fühlte sich wunderbar ausgeruht und hungrig wie ein Wolf. Ein herrlicher Nachmittag ohne Stress lag vor ihm. Fröhlich marschierte er in die Küche, wo seine Mutter mit dem Essen wartete.

V. Superheld

»Wie ist die Englischarbeit gelaufen?«, empfing sie ihn anstatt einer Begrüßung.

»Wunderprächtig«, antwortete Florian. »Woher weißt du, dass ich eine hatte?«

»Ja, woher bloß?« Vorwurfsvoll hielt sie ihm ein Blatt Papier vor die Nase. »Von deinem Lieblingslehrer. Er hat mir einen Brief geschrieben, weil bei uns angeblich nie jemand telefonisch erreichbar ist. Hast du dafür eine Erklärung?«

Natürlich hatte Florian eine Erklärung. Die würde seiner Mutter aber sicher nicht gefallen. Darum schwieg er vorsichtshalber.

»Liegt es vielleicht daran, dass er andauernd die falsche Telefonnummer gewählt hat?«, hakte die Mutter nach. Sie hielt ein weiteres Blatt hoch. »Ich habe heute Vormittag in der Schuldirektion angerufen. Die Dame in der Kanzlei war sehr nett. Sie hat mir eine Kopie des Formulars gefaxt, das alle Eltern bei Schulbeginn ausfüllen müssen. Da stehen Name, Adresse und Telefonnummer drauf. Kennst du diese Handschrift?«

»Es ist meine«, gab Florian zu. »Ich habe den Wisch damals gleich in der Schule ausgefüllt. Wollte euch nicht mit dem Kleinkram nerven.«

»Ach. Um uns Arbeit zu ersparen? Wie lieb von dir.«
Florian hasste es, wenn sie diesen spöttischen Ton anschlug. »Paps hat es unterschrieben«, sagte er. »Du kannst ihn fragen.«
»Das werde ich, verlass dich darauf«, erwiderte sie eisig. »Wenn du seine Unterschrift gefälscht hast . . .«
»Nein, wirklich nicht!«
»Wie war es dann? Hast du ihm das Formular untergejubelt, als er Stress hatte? Oder war er einfach nachlässig und hat übersehen, dass du dort die Nummer deines eigenen Handys eingetragen hast? Sehr praktisch für dich. Immer wenn ein Lehrer anruft, siehst du seine Nummer am Display und hebst einfach nicht ab, stimmt's?«
Florian sah ein, dass er in der Falle saß. »Stimmt«, gab er zu. »Ich kann solche Sachen selbst regeln. Schließlich bin ich alt genug.«
»Oh nein, Herr Sohn, so läuft das nicht! Ich habe immer noch die Verantwortung für dich.«
»Verantwortung«, wiederholte Florian verächtlich. »Ich bin dreizehn. Wann kapierst du endlich, dass ich nicht mehr dein Baby bin?«
Er bedauerte den Satz sofort, nachdem er ihn ausgesprochen hatte. Die Mundwinkel seiner Mutter sanken herab. Sie war zutiefst gekränkt.
»Ich weiß, du meinst es gut«, schwächte er ab. »Ich meinte nur . . .«
»Mit achtzehn darfst du selbstverständlich ausziehen«, unterbrach sie ihn. »Dann kannst du tun und lassen, was du willst. Aber noch bist du nicht erwachsen.«

Am liebsten wäre Florian jetzt in die Nullwelt geflüchtet. Aber er wusste, dass es ihm nichts bringen würde. Auf Dauer konnte er der Gardinenpredigt nicht entgehen.
»Ich rede mit dem Lehrer und versuche das irgendwie auszubügeln«, bot seine Mutter an. »Es wäre hilfreich, wenn ich vorher wüsste, wie es mit deinen Leistungen in der Schule steht, wenigstens ungefähr.«
»Meine Versetzung ist nicht gefährdet«, beteuerte Florian. »Nicht mehr nach der heutigen Englischarbeit.«
»Und das soll ich dir abnehmen?«
»Warum fragst du überhaupt? Du glaubst mir ohnehin nicht.« Florian sah ihr herausfordernd in die Augen. Wie immer zog er dabei den Kürzeren. Er seufzte. »Okay, die Aktion mit der Telefonnummer war Kacke. Tut mir Leid.«
»Das ist immerhin ein Anfang«, erwiderte sie, immer noch in eisigem Tonfall. »Setz dich jetzt und iss. Danach mach deine Hausaufgaben. Zur Abwechslung einmal selbst und nicht abgeschrieben. Dann musst du morgens nicht mehr so zeitig losdüsen.«
Florian biss sich auf die Lippen. Sie wusste bereits mehr, als er befürchtet hatte.
Nun ja, alles halb so schlimm, dachte er bei sich. Soll sie meinetwegen mit Maxilein reden. Der wird ihr die super Schularbeit zeigen, und alles ist wieder im grünen Bereich.
Lustlos würgte er das Essen runter. Ihm war der Appetit vergangen. Wie kann man auch etwas genießen, wenn einen dabei jemand schweigend und vorwurfsvoll anstarrt? Er ließ den Nachtisch stehen, was äußerst

selten vorkam. »Ich bin oben«, murmelte er und wollte sich in sein Zimmer verkrümeln.
»Halt!«
»Was?«, fragte Florian.
»Das Handy. Das ist ab sofort beschlagnahmt.«
»Hä?«
»Ich muss es bei mir tragen, falls ein Lehrer anruft«, erklärte die Mutter in freundlichem Ton. »Außerdem wirst du dir die Telefonwertkarten ohnehin nicht leisten können, so ganz ohne Taschengeld. Na, was ist?« Sie streckte fordernd die Hand aus.
»Kein Taschengeld?«, fragte Florian erschrocken. »Für wie lange?«
»Darüber werden dein Vater und ich beraten. Jedenfalls bedeutet jede Sekunde, die du mit der Herausgabe des Handys zögerst, einen Tag mehr.«
»Das ist Erpressung«, zischte Florian empört. Gleichzeitig fischte er das Handy vom Gürtel, denn er wusste, dass sie niemals leere Drohungen ausstieß.
»Brav«, wurde er gelobt. »Jetzt darfst du deine Hausaufgaben machen. Abendessen gibt es, nachdem du mir die vollständigen Arbeiten vorgelegt hast.«
»Und wenn nicht, darf ich verhungern«, flüsterte Florian frustriert, während er die Treppe hochstapfte.
»Ein Mensch hält es viele Tage ohne Essen aus«, kam prompt die Antwort aus der Küche.
Mann, die Frau hatte Ohren wie ein Luchs!
»Tür zuknallen verlängert die Zeit ohne Kohle übrigens ebenfalls!«
Florian, der schon mit der Hand an der Türklinke

Schwung geholt hatte, stoppte im letzten Augenblick. Er schloss die Tür so lautlos wie möglich. Natürlich dachte er nicht daran, jetzt seine Hausaufgaben zu machen. Dazu war er viel zu wütend. Zuerst wollte er sich abkühlen. Zeit genug hatte er ja. Er erzeugte die Zeitblase und knipste den PC an.

He, was war jetzt wieder los? Das blöde Ding machte keinen Mucks! Noch nicht mal die Kontrolllämpchen blinkten. Florian kratzte sich nachdenklich am Kopf. Er versuchte es mit dem Lichtschalter und der Stereoanlage. Wieder Fehlanzeige. Nur die Taschenlampe funktionierte. Woran lag das? Vielleicht hätte er im Physikunterricht doch nicht schlafen sollen? Er kramte das Physikbuch hervor und schmökerte freiwillig das Kapitel über Strom und Spannung durch.

»*Strom besteht aus kleinen Teilchen, die Wissenschaftler Elektronen getauft haben*«, las er. »*Diese Elektronen sind so winzig, dass man sie nicht sehen kann. Man kann sich aber vorstellen, dass sie wie kleine Wassertropfen durch Kabel und elektrische Leitungen fließen.*

Erzeugt wird der Strom in Kraftwerken, die alle nach dem gleichen Prinzip funktionieren: Eine Turbine, das ist ein Rad, das von Wasser oder Dampf angetrieben wird, dreht sich und setzt einen Generator (Erzeuger) in Gang. Dieser Generator besteht aus einem Magneten und Drahtspulen. Bewegt man den Magneten an der Spule entlang, entsteht Strom. Auch ein Dynamo am Fahrrad funktioniert so. Ein Generator ist mit einer Wasserpumpe vergleichbar. Die Pumpe pumpt Wasser, der Generator Elektronen.«

Aha, dachte Florian, so ist das also. Die Strompumpe

im Kraftwerk steht für mich natürlich still, wenn ich in der Nullwelt bin. Deshalb kann sie keinen Strom aus der Steckdose pumpen.

Physik ist eigentlich total easy.

Er las weiter: »*Ein anderes Prinzip der Stromerzeugung ist eine chemische Reaktion. Wenn zwei verschiedene Metalle mit einer Säure zusammenkommen, entsteht auch Strom. Ein Beispiel dafür ist die Batterie.*«

»Bingo«, murmelte Florian. »Die Taschenlampenbatterie ist ebenfalls eine Strompumpe. Sie ist klein genug, dass sie zu mir in das Zeitfeld passt. Darum funktioniert die Taschenlampe wie gewohnt, aber alles, was an der Steckdose hängt, ist mausetot. Das bedeutet . . .«

Sein Gesicht verzog sich enttäuscht. »Kein Computer in der Nullwelt, kein Fernsehen, kein Video. Käse lass nach!« Missmutig betrachtete er den Radiorekorder. »Keine Musik«, ergänzte er.

Plötzlich kam ihm ein Gedanke: »He, das Ding läuft doch auch mit Batterie!« Er zog das Kabel raus und schaltete den CD-Player ein. Tatsächlich wurde er mit den gewohnten Klängen belohnt. Na bitte, das war doch schon was. Nur Radioempfang gab es keinen. Klar, die Sendeanlagen befanden sich außerhalb des Zeitfeldes und standen still.

Obwohl er das wusste, schaltete Florian die automatische Frequenzsuche ein, einfach so.

Zu seiner Verwunderung tönte tatsächlich etwas aus den Lautsprechern. Seltsame Klänge waren es, hoch und lang gezogen. Irgendwann hatte Florian etwas Ähnliches gehört. Im Zirkus, erinnerte er sich, da hatte eine Künstlerin auf gefüllten Wassergläsern gespielt. »Glasharfe« nannte man das. Andächtig lauschte der Junge den Klängen. Es war keine richtige Melodie, hörte sich aber gut an. Traurig klang es irgendwie und fremd, so unglaublich fremd, wie aus einer anderen Welt. Florian bekam eine Gänsehaut beim Zuhören.

Und plötzlich sah er, wie etwas aus der Zimmerwand drang. Da war es wieder, das Nebelwesen aus der Schule.

»Verschwinde!«, keuchte Florian. »Ich habe dir nichts getan.«

Das Nebelwesen schwebte knapp an ihm vorbei, zielstrebig auf das Radio zu. Die Töne veränderten sich. Nun klang es so, als würden mehrere Glasharfen gleichzeitig spielen. Florian wirbelte herum. Weitere Nebelwesen drangen in sein Zimmer ein. Sie kamen durch den Boden und durch die Decke. Alle versammelten sich rund um das Radio. Dabei wippten sie rhythmisch im Takt der Klänge.

Für einen Augenblick sah der Junge nur noch irrlichterndes Weiß und bunte Funken. Eines der Wesen war mitten durch Florians Körper geschwebt. Gespürt hatte er dabei nichts.

Das Wesen gesellte sich zu den anderen. Weiße Nebelgeister wippten und tanzten. Es war gespenstisch.

Florian kaute an den Fingernägeln. Das Zimmer wurde immer voller. Er musste etwas unternehmen. Aber was? Zuerst probierte er es mit »Hallo« und »Wie geht's?«. Die ungebetenen Gäste scherten sich nicht darum. Schließlich wurde der Junge frecher. Mutig streckte er

die Hand nach einem der Wesen aus. Seine Finger verschwanden im Nebel. Nichts. Er fühlte keinen Widerstand. Es war, als ob die Dinger aus Luft bestehen würden. Nein, aus noch weniger als Luft, denn Luft kann keine festen Körper durchdringen. Das war irgendwie beruhigend. Denn, so überlegte Florian, wenn er die Wesen nicht anfassen konnte und sie ihn auch nicht, dann konnten sie sich gegenseitig nichts zu Leide tun. Entschlossen marschierte er mitten durch die geisterhafte Versammlung. Er tastete sich blind durch Nebel und Funken, bis seine Finger die Austaste des Radiorekorders fanden. Gleich darauf verstummten die Glasharfentöne.
Die Nebelwesen reagierten nicht aggressiv. Sie verschwanden einfach, eines nach dem anderen. Lautlos verschmolzen sie mit den Wänden. Bald war Florian wieder allein. Sein Pulsschlag beruhigte sich nur langsam.
»Horror lass nach«, murmelte er. »Wie in der Geisterbahn.«
Er blätterte wieder im Physikbuch. Diesmal suchte er nach einem Kapitel über Radios und wie sie funktionierten. Er fand nicht wirklich, was er suchte, bloß eine Menge verwirrendes Geschreibsel über Elektromagnetismus und so. Das Grundprinzip wurde ihm aber klar: Sendestationen erzeugten unsichtbare Wellen. Schon wieder vergleichbar mit Wellen im Wasser. Anscheinend funktionierte vieles in der Physik nach ähnlichen Gesetzen. Ein Radio konnte die Wellen auffangen und in Töne umwandeln.

Wenn alle Sender außerhalb der Zeitblase stillstehen, so überlegte er, dann kann ein Radio in der Nullwelt unmöglich Wellen empfangen. Das kann nur bedeuten, dass auch hier in der Nullwelt jemand sendet. Wer? Die Nebelwesen?
Er klappte das Buch zu. Niemand konnte ihm diese Fragen beantworten, weil kein Mensch außer ihm wusste, dass die Nebelwesen existierten.

Florian entschloss sich zu einem Spaziergang in der Nullwelt. Draußen herrschte das rötliche Dämmerlicht. *»Auch Lichtteilchen verhalten sich wie Wellen«*, hatte er in dem Buch gelesen. *»Lichtwellen treffen auf das Auge, deshalb kann man sehen.«* Wenn aber die Lichtwellen außerhalb der Zeitblase stillstanden, warum war es dann in der Nullwelt nicht stockdunkel? Fragen über Fragen.
Grübelnd schlenderte der Junge vorbei an erstarrten Menschen und Autos. An einer Würstchenbude hielt er an, um sich an frisch zubereiteten Pommes gütlich zu tun. Natürlich ohne Bezahlung. Die musste er aufschieben, bis er wieder Taschengeld bekam, und das konnte dauern. Verhungern würde er jedenfalls nicht, auch wenn ihm seine Mutter monatelang das Abendessen strich.
Nach den salzigen Fritten brauchte er unbedingt eine Cola vom Supermarkt. Dabei erkannte er erstmals, wie lästig automatische Türen sein konnten. Die dämlichen Dinger öffneten sich nicht in der Nullwelt, weil ihnen der Strom fehlte. Verborgen hinter einem Müllcontai-

ner, kehrte Florian in die Normalzeit zurück. Dort wartete er auf den nächsten Kunden, der den Supermarkt verließ, und ließ die offene Tür erstarren. Problemlos konnte er danach eindringen und sich bedienen. Bei der Gelegenheit genehmigte er sich noch Süßigkeiten zum Nachtisch. Diesmal guckte er nicht mehr auf die Preisschilder. Solche Kleinigkeiten waren das Nachdenken nicht wert. Schließlich gehörte er jetzt nicht mehr zu den gewöhnlichen Menschen. Er musste sich nicht länger an Regeln halten. Mit seinem Talent konnte er tun, was er wollte, und das hatte er auch vor. Bloß was wollte er eigentlich? Wie und wofür sollte er sein Talent künftig anwenden? Nur für Streiche und zum Schummeln? Das war auf Dauer langweilig. Er wollte etwas tun, worauf er stolz sein konnte, wofür ihn alle anderen bewundern würden. Große Talente musste man für große Taten einsetzen.

Während er grübelnd weiterspazierte, fiel ihm eine Frau mit sonderbar verzerrtem Gesicht auf. Ihre Augen waren weit aufgerissen, der Mund zu einem Schrei geöffnet. Offenbar hatte sie Angst. Wovor? Wohin starrte sie so entsetzt? Der Junge folgte dem Blick der Frau. Kein Schläger ging auf sie los. Niemand zielte mit einer Pistole auf sie. Florian sah nur harmlose Autos herumstehen und ein Mädchen, das gerade die Straße überquerte.

Das Mädchen wird überfahren!, erkannte er plötzlich. Ja, das musste es sein. Nur zwei Meter war das nächste Auto von der Unvorsichtigen entfernt. Die Frau rief ihr eine Warnung zu.

Zu spät, wenn sich das Auto so schnell bewegte, wie

Florian vermutete. Denn natürlich sah es nur in der Nullzeit so aus, als würden alle Fahrzeuge auf der Straße herumstehen. In der Normalzeit zischten sie vermutlich mit gehörigem Tempo dahin.
Die Entscheidung fiel Florian nicht leicht. Er allein konnte den Unfall verhindern. Wenn er nichts tat, würde in der Normalzeit jemand sterben. Dort war der Tod nur noch Sekundenbruchteile entfernt. Wenn er aber eingriff, konnte das nicht unbemerkt bleiben.
So wie es aussah, hatte er keine Wahl. Er näherte sich von hinten und umklammerte das Mädchen mit beiden Armen. Natürlich geriet sie dabei in die Zeitblase und erwachte augenblicklich zum Leben. Und wie!
»Ah! Loslassen! Hilfe!«
»Sei still«, raunte ihr Florian ins Ohr. »Dein Leben ist in Gefahr.«
»Loslassen!« Sie wehrte sich heftig gegen die Umklammerung, trat nach hinten aus und kratzte. »Hilfe, Polizei, Überfall!«
»Hör auf, verflixt«, keuchte Florian. »Du musst von der Straße runter. Siehst du das Auto? Das wird dich gleich überfahren, wenn du nicht auf mich hörst.«
»Was?« Jetzt erst bemerkte das Mädchen die bewegungslose Umwelt. »Meine Güte! Was passiert hier?«
»So lange du nahe bei mir bist, steht die Zeit für dich still«, erklärte Florian. »Im Moment bist du in Sicherheit. Aber wenn ich dich loslasse, düst das Auto wieder mit Volldampf auf dich zu. Es überfährt dich. Dann bist du schwer verletzt oder tot, platt wie ein Pfannkuchen. Willst du das?«

Sie antwortete nicht sofort. Erst nach einigen Sekunden entspannte sich ihr Körper ein wenig.

»Die Zeit ... steht still«, wiederholte sie schließlich. Ihre Stimme klang nicht mehr panisch, sondern leise und ruhig. »Die Zeit wurde angehalten, weil mich sonst ein Auto überfährt. Wahrscheinlich träume ich, oder es geschieht gerade ein Wunder. Es könnte auch sein, dass ich gerade bewusstlos bin. Vielleicht bin ich sogar schon tot. Egal, was es ist. Es ist alles genauso seltsam. Sag mir, was ich tun muss.«

Florian atmete erleichtert auf. Die war wenigstens einigermaßen vernünftig. Keine von den kichernden Tussis, mit denen man kein vernünftiges Wort reden konnte.

»Wir gehen gemeinsam rückwärts«, sagte er. »Lass dich einfach mitziehen, ganz langsam. Pass auf, dass du nicht stolperst.«

Sie folgte seinen Anweisungen. Sekunden später erreichten sie den sicheren Gehsteig.

»Gut gemacht«, lobte Florian. »Und jetzt pass gut auf, was ich dir sage. Erzähle niemandem von mir. Wenn ich dich loslasse, kehrst du automatisch zurück in die Normalzeit. Lass dich fallen, damit es so aussieht, als ob du selbst auf den Gehsteig gesprungen wärst. Klaro?«

»Ja, klar.«

»Also dann ...« Florian ließ los. Er wollte rasch zurücktreten und sie aus der Zeitblase entlassen, doch noch schneller drehte sich das Mädchen um. Eine zufassende Hand erwischte den Ärmel seines Sweatshirts und hielt ihn fest.

»He, was soll das?«, protestierte er.

»Ich wollte nur wissen, wie ein Schutzengel aussieht«, antwortete sie.
Florian befreite sich mit einem Ruck und sprang hastig außer Reichweite. Das Mädchen erstarrte. Zu spät. Sie hatte ihn gesehen. Auch das noch! Unschlüssig betrachtete er die Fremde. Sie war ungefähr in seinem Alter, hatte blonde Haare und außergewöhnlich große blaue Augen. Irgendwie sah sie Eva ähnlich, aber nur ein bisschen. Die Fremde war sogar noch hübscher. Eine echte Traumfrau.
Genau der Typ Mädchen, von dem einer wie ich nur träumen kann, dachte Florian traurig.
Er ging hinter einem Plakatständer in Deckung, kehrte zurück in die Normalzeit und spähte vorsichtig hervor.
». . . fpassen!«, hörte er einen gellenden Warnruf. Das war die Frau, die ihn auf die gefährliche Situation aufmerksam gemacht hatte. Bremsen quietschten. Passanten drehten sich erschrocken um.
Das Mädchen reagierte großartig. Nach einer Schrecksekunde ließ es sich zirkusreif fallen. Die Frau eilte sofort zu Hilfe. »Ist dir was passiert?«, fragte sie besorgt. »Meine Güte, Kind, das war knapp. Zum Glück seid ihr jungen Dinger noch so flink. Ich habe dich gar nicht springen sehen.«
Auch der Fahrer, der sein Auto erst zehn Meter weiter zum Stehen bringen konnte, kam angelaufen. Sein Gesicht war kreidebleich. Erst nachdem er sicher sein konnte, dass niemand verletzt war, begann er lautstark zu schimpfen.

»Bist du blind? Schläfst du beim Gehen? Wohl lebensmüde, wie?«
»Lassen Sie die Kleine in Ruhe«, forderte ihn die Frau auf. »Sehen Sie nicht, dass sie einen Schock hat?«
»Sind Sie die Mutter? Dann bringen Sie Ihrer Tochter bei Gelegenheit bei, wie man sich im Straßenverkehr benimmt.«
»So ein ungehobelter Kerl!«, empörte sich die Frau und begann ihrerseits zu schimpfen.
Das Mädchen beachtete den beginnenden Streit nicht. Es stand auf und klopfte sich den Staub aus den Kleidern. Dann drehte es sich, völlig unvermutet, in seine Richtung um. Viel zu spät flüchtete Florian in die Nullwelt. Sie hatte ihn garantiert schon wieder gesehen.
Was würde geschehen, wenn sie die Geschichte ausplauderte? Garantiert würde ihr niemand glauben. Trotzdem, allein schon der Gedanke, dass jemand über sein Geheimnis Bescheid wusste, war unangenehm.

Stunden später saß Florian grübelnd über seinen Hausaufgaben. Er hatte beschlossen, den Schulkram in der Normalzeit zu erledigen. Seine Mutter würde noch misstrauischer werden, wenn er ihr die Arbeiten zu schnell präsentierte. Dass er mit dreizehn der Mutter die Hausaufgaben vorlegen musste, war eigentlich ein schlechter Witz. Mehr noch, es war eine bodenlose Frechheit! Während er schrieb, dachte er an das blonde Mädchen. Er kannte nicht einmal ihren Namen, aber er hatte ihr Leben gerettet. Der Gedanke daran machte ihn stolz. Das war richtig gewesen. Das war eine große

Tat. Um solche Dinge sollte sich ein Übermensch mit seinen Fähigkeiten kümmern, nicht um diesen lächerlichen ... Kleinkram! Genervt kickte er das Mathebuch in die Ecke.

»Große Taten«, flüsterte er und sah versonnen zum Fenster. Wo sollte er anfangen? Auf Anhieb fielen ihm nur die Superhelden aus den Comics ein, die immerzu die Welt vor irgendwelchen Bösewichten retteten. Okay, Verbrecher und Diktatoren bestrafen, die Welt retten, das hörte sich ja alles gut an, aber wie sollte er an die Gauner herankommen? Die richtig schweren Jungs saßen alle in den großen Städten im Ausland und nicht in diesem öden Kaff. Sollte er zur Polizei gehen und seine Dienste anbieten? Nein, lieber doch nicht. Wer weiß, wie die reagieren würden. Womöglich würden sie ihn an irgendwelche Wissenschaftlerheinis ausliefern, damit die ihre Experimente mit ihm anstellen konnten. Vielleicht würden sie ihn sogar umbringen, weil er ein Staatsrisiko war oder so.

Florian erinnerte sich an Actionfilme, in denen er ähnliche Szenen gesehen hatte, und schauderte. Nein, das durfte er keinesfalls riskieren. So was Blödes! Da hatte er immer davon geträumt, Superkräfte zu besitzen. Und nun, da es so weit war, wusste er nicht, was er damit anfangen sollte. Alles klar, dachte er, ich brauche jemanden, der mir einen Rat gibt, jemanden, der sich mit solchen Sachen auskennt.

Diesen Abend saß Florian gemeinsam mit seinem Vater vor dem Fernseher. Die Mutter machte noch einen

Patientenbesuch. Das kam Florian gerade recht. Unter Männern kann man vernünftiger reden, fand er. Der Vater hörte immer geduldig zu und schimpfte selten. Auch die Sache mit der falschen Telefonnummer nahm er nicht so tragisch. Er hatte sich strikt gegen das Handyverbot und den Taschengeldentzug ausgesprochen. Weil es ihm aber keinen Streit wert war, hatten sich die Eltern schließlich darauf geeinigt, die Strafe auf zwei Wochen zu beschränken.

»Deine Mutter möchte, dass ich dir ins Gewissen rede«, eröffnete er seinem Sohn.

»Verstehe«, murmelte Florian seufzend.

Der Vater schüttelte den Kopf. »Ich denke nicht daran, und das habe ich ihr auch gesagt. Du bist alt genug. Du musst selbst deine Entscheidungen treffen.«

»Ganz meine Rede!«, rief Florian begeistert. »Warum kapiert Mutter das nicht? Sie behandelt mich wie ein Kleinkind. Sie traut mir nichts zu.«

»Nein, das stimmt nicht.«

»Sie mischt sich andauernd ein«, beschwerte sich Florian. »Kannst du nicht mit ihr reden?«

»Das kann ich versuchen, aber nützen wird es nichts. Weißt du, Mütter sind eben so. Mütter wollen dich beschützen, egal wie alt du bist. Sie nennen das nicht Einmischung, sondern vorbeugende Maßnahmen.« Der Vater zwinkerte ihm zu.

»Unterschied lass nach«, murrte Florian. »War deine Mutter etwa auch so?«

»Ja, genauso. Willkommen im Klub.«

Florian fühlte sich ein wenig getröstet. Wenigstens

einer, der ihn verstand. Jetzt, da das geklärt war, konnte er die wirklich wichtigen Fragen stellen: »Du, Papa, wenn du auf der Welt alles besser machen könntest, egal was, wo würdest du anfangen?«

»Bei mir selbst«, kam die Antwort. Nicht eine Sekunde hatte der Vater überlegen müssen.

»Ja, schon, aber . . .« Florian suchte nach den richtigen Worten. »Ich meine die richtig großen Dinge, Frieden, Gerechtigkeit und so.«

»Die richtig großen Dinge?« Der Vater musterte ihn mit einem seltsamen Blick. »Die liegen immer im Kleinen verborgen.«

Damit konnte Florian auch nach längerem Überlegen nichts anfangen. »Was bedeutet das?«, fragte er schließlich.

»Das kannst du nur selbst herausfinden. Für jeden hat dieser Grundsatz eine andere Bedeutung.«

Lange lag Florian diese Nacht wach im Bett. Er konnte einfach nicht einschlafen. Kein Wunder. Er hatte nachmittags genug geschlafen. Kurz vor Mitternacht reichte es ihm. Er entschloss sich zu einem heimlichen Spaziergang.

In der Nullwelt war die Nacht unheimlich. Der Mond ähnelte einer roten Sichel, umgeben von einem rostbraunen Schimmer. Trotz wolkenlosem Himmel sah Florian keine Sterne. Dafür waren die Nebelwesen umso deutlicher sichtbar. Wie weiße Irrlichter schwebten sie durch Mauern und Häuser, als wären diese nicht vorhanden. Straßenlaternen spendeten scharf abgegrenzte Inseln roten Lichts. Davon abgesehen war die Umgebung tintenschwarz. Zwielicht existierte nicht in der Nacht der Nullwelt. Nicht einmal die Taschenlampe nützte viel. Ihr warmer, gelber Lichtstrahl endete fünfundsiebzig Zentimeter vor dem Jungen. Außerhalb des Zeitfeldes erzeugte die Lampe nur noch schwache, rote Lichtflecke.

Seltsam, dachte Florian. Mein Licht durchdringt das Zeitfeld und trifft dort auf den Boden. Das bedeutet, dass sich die Lichtwellen auch außerhalb des Zeitfeldes bewegen. Wie ist das möglich, wenn die Zeit draußen stillsteht? Er kratzte sich verwirrt am Kopf. Da musste wohl wieder das Physikbuch ran. Ob er gleich jetzt zurückgehen und nachlesen sollte? Zögernd drehte er sich zur Haustür um. Dort warteten Sicherheit und ein kuscheliges Bett. Hier draußen gab es nur Dunkelheit, Stille und Kälte. Das Gehen in dieser Tintenschwärze war außerdem mühsam, weil man nicht sah, wohin man den Fuß setzte.

»Toller Superheld, der schon vor der ersten kleinen Mutprobe kneift«, schimpfte Florian mit sich selbst. »Nichts da mit umkehren! Wäre ja noch schöner.« Er überwand seine Angst und wagte sich in die Nacht.

Vorsichtig tastete er sich voran, von Laterne zu Laterne, von Lichtinsel zu Lichtinsel.

Um diese Zeit waren die Straßen menschenleer. Nur der alte Stadtstreicher Fred kauerte auf einem Gitterrost vor dem Supermarkt. Er war noch wach, wie Florian an seinen weit geöffneten Augen erkannte. Fred hielt eine Weinflasche umklammert. Sein Gesicht

wirkte so unendlich traurig, dass Florian Mitleid bekam. Er kramte in den Hosentaschen und holte die letzten Münzen hervor, die noch von seinem Taschengeld übrig waren.
Florian hatte den Alten schon als kleiner Junge gekannt. Damals hatte Fred einen Zeitungskiosk besessen, und alle Kinder der Umgebung hatten ihn geliebt. Nie hatte er etwas dagegen gehabt, wenn die Kinder in den Comics am Verkaufsständer schmökerten, ohne sie zu kaufen. Man konnte mit ihm wunderbar über Comics plaudern. Fred kannte sich bestens aus bei all den gezeichneten Superhelden. Auch für die Sorgen seiner kleinen Freunde hatte er stets ein offenes Ohr gehabt. Fred war ein wunderbarer Zuhörer.
Doch dann war er in Schwierigkeiten geraten. Seine Frau hatte sich wegen seiner Trunksucht von ihm scheiden lassen. Er hatte aus der gemeinsamen Wohnung ausziehen müssen. Zu dieser Zeit war auch noch der Zeitungskiosk abgebrannt. Fred war nicht versichert. Innerhalb einer Woche hatte er alles verloren, was er besaß. Arbeitslos, mit einem Haufen Schulden, konnte er sich unmöglich eine neue Wohnung leisten. Eine Zeit lang hatte er noch bei Nachbarn und Freunden Unterschlupf gefunden. Irgendwann war er schließlich auf der Straße gelandet.
Traurig betrachtete Florian den Alten. Dünn war er geworden. Seine spärlichen Haare starrten vor Dreck. Er stank nach Schweiß und Alkohol. Der Junge wollte schon das Geld hinlegen und weitergehen, da kam ihm eine Idee. Als kleiner Junge hatte er Fred oft um Rat gefragt.

Warum nicht auch jetzt? Vielleicht waren seine Antworten nicht so schwer zu verstehen wie die des Vaters.
Der Stadtstreicher blinzelte verwirrt, als Florian plötzlich aus dem Nichts auftauchte. Er erwähnte es aber nicht. Wahrscheinlich war er zu betrunken, um darüber nachzudenken.
»Hallo, Fred!« Florian legte die Münzen in seine Hand.
»Vergelt's Gott, Junge«, krächzte der Alte.
»Erinnerst du dich an mich? Ich bin früher oft bei dir rumgehangen.«
»Äh?« Fred betrachtete ihn aus rot entzündeten Augen. Schließlich lächelte er. Florian bemerkte, dass er kaum noch Zähne hatte.
»Sieh an, der kleine, neugierige Flori. Du bist groß geworden.« Er nahm einen Zug aus der Weinflasche und wischte sich den Sabber von den Lippen. »Kommst mich besuchen wie damals? Is zu spät. Hab leider keine Comics mehr für dich. Hat alles das verfluchte Feuer geholt.«
»Ich weiß«, erwiderte Florian. »Ich wollte nur fragen, ob ich dir irgendwie helfen kann.«
Der Stadtstreicher nickte eifrig. »Freilich kannst du das. Besorg mir eine Flasche Wein, dann geht's mir bestens. Mehr braucht der alte Fred nicht.«
»Mach ich«, versprach Florian. »Aber vorher brauche ich deinen Rat.«
»Ausgerechnet von einem Wrack wie mir willst du Ratschläge?« Fred kicherte. »Na schön. Nichts leichter als das. Ratschläge sind gut. Ratschläge kosten kein Geld.

Ratschläge kann man nicht bei Gericht einklagen. Schieß los, Junge.«

Florian überlegte einen Moment. Dann fragte er: »Wenn du mächtig wärst, was würdest du zuerst tun?«

»Wie mächtig meinst du?«, fragte der Alte.

»Sehr, sehr mächtig. Stell dir vor, du wärst einer dieser Superhelden.«

»Ah, die Comichelden! Hätte ich mir denken können. Du meinst die fliegenden, unverwundbaren Typen, die Gedanken lesen und aus deren Augen Laserblitze sprühen?«

»Ja, so in etwa.«

»Vergiss es, Kleiner. Das ist keine richtige Macht. Diese Heinis können höchstens ein paar schwere Jungs vermöbeln und hinter Gitter bringen. Aber die wirklich wichtigen Dinge, die großen Ziele, wie Frieden, Freiheit, das Ende des Hungers auf der Welt, können sie nicht erreichen. Glaub mir, Superhelden sind hilflose Würstchen gegen die wahren Mächtigen dieser Welt.«

»Die großen Ziele«, wiederholte Florian fasziniert. »Genau das meinte ich! Rede weiter. Wie erreicht man die großen Ziele? Wie wird man richtig mächtig?«

»Mit Geld«, antwortete Fred, ohne zu überlegen. »Geld ist der Schlüssel zur Macht. Allein bist du nichts, selbst wenn du der stärkste Superheld aller Zeiten wärst. Einer allein ist einsam und klein. Merk dir das.« Er nahm noch einen Zug aus der Flasche. »Mit Geld kannst du andere für dich und deine Ziele arbeiten lassen. Je reicher du bist, desto mehr Leute dienen deinem Willen und deinen Zielen. Mit genug Kohle lassen sich Armeen und

Regierungen kaufen. Geld entfacht Kriege, Geld schafft Frieden. Es entscheidet über Tod und Leben. Geld regiert die Welt. Prost!«
Florian nickte beeindruckt. Das war genau die Antwort, die er gebraucht hatte. Fred konnte die Dinge immer noch gut erklären. Bei ihm klang alles einfach und logisch.
Der Junge verabschiedete sich und machte sich auf den Heimweg. Dabei war er so in Gedanken versunken, dass er vergaß, in die Nullwelt zu wechseln. Prompt lief er einem Polizisten in die Hände.
Der schnauzte ihn an: »Um diese Zeit hast du allein auf der Straße nichts zu suchen!«
Schon wieder jemand, der ihm Vorschriften machte. Am liebsten hätte Florian dem Uniformierten eine Lektion erteilt. Er beherrschte sich aber und heuchelte Einsicht. Dafür verzichtete der Polizist darauf, Namen und Adresse des nächtlichen Rumtreibers zu notieren. Er begleitete den Jungen bis zur Haustür und verabschiedete sich freundlich.

Florian fand immer noch keinen Schlaf. Er lag im Bett und schmiedete Pläne. Der alte Stadtstreicher hatte Recht. Allein konnte selbst ein Superheld nichts erreichen.
Er musste die Sache Schritt für Schritt angehen. Zuerst einmal reich werden, danach Verbündete gewinnen und möglichst viele Leute für sich arbeiten lassen. Dann erst konnte er sich um die großen Dinge kümmern. Der erste Schritt war also klar. Er musste jede Menge Kohle, Knete, Mäuse, Euros, Dollars zusammenkratzen. Bloß wie?

Stehlen? Bei dem Gedanken fiel ihm einer seiner Lieblingshelden ein. Robin Hood raubte das Geld von den Reichen und gab es den Armen. Ja, warum nicht? Er wollte doch nichts für sich allein, sondern nur Gutes tun. Florian stellte sich vor, wie er als moderner Robin Hood von allen Armen auf der Welt verehrt und von den reichen Ausbeutern gehasst wurde . . .

Der Wecker schreckte ihn grausam aus seinen Träumen. Der Junge machte sich nicht einmal die Mühe, das lästige Ding abzustellen. Er flüchtete in die Nullwelt und schlummerte friedlich weiter.

Herrlich ausgeschlafen setzte er sich Stunden später an den Frühstückstisch.

»Einen wunderschönen guten Morgen!«, wünschte er übermütig.

»Schön, dass der Morgen für dich wunderschön ist«, erwiderte die Mutter. Im Plauderton fügte sie hinzu: »Nachtspaziergänge sind ja so entspannend. Wenigstens hast du Polizeieskorte gehabt. Da ist es sicherer. Man weiß ja nie, wer sich zu dieser Uhrzeit sonst noch draußen rumtreibt.«

Florian verschluckte sich am Toast. Schreck lass nach! Entging den mütterlichen Luchsohren denn gar nichts? Sie klopfte ihm hilfreich den Rücken. »Ist dir nicht gut, Schatz? Vielleicht doch ein wenig müde?«

»Nein, alles klaro«, ächzte Florian. »Stimmt, ich musste nachts noch mal kurz frische Luft schnappen.«

»Dachte ich mir.« Heimtückisch lächelnd schenkte sie ihm Tee ein. »Um halb zwei Uhr früh ist die Luft besonders frisch. Blond oder dunkel?«

»Hä?«

»So ganz allein schnappt es sich schlecht nach Luft. Deine Luftschnapp-Begleiterin, ist sie blond oder dunkelhaarig?«

Florian fehlten die Worte. Dafür redete seine Mutter umso mehr.

»Wenn ein Junge in deinem Alter nachts aus dem Haus schleicht, bis halb zwei fortbleibt und dann morgens bestens gelaunt sein Frühstück runterschlingt, obwohl er doch todmüde sein müsste, nun, da macht man sich als Mutter so seine Gedanken.«

»Hä?«

»Oh, ich weiß, das geht mich nichts an. Es gibt da aber gewisse Dinge, die du beachten solltest. Wie alt ist denn deine Freundin? Hast du sie gefragt, ob sie die Pille nimmt?«

»Mutter, bitte!« Jetzt hatte sie es tatsächlich geschafft, dass er rot wurde.

»Es ist in deinem eigenen Interesse, Schatz. Weißt du, wenn ein Mädchen in ein gewisses Alter kommt, das kann schon mit zehn Jahren passieren, meistens aber mit zwölf oder dreizehn, da bekommen sie ihre erste Regelblutung. Ab diesem Zeitpunkt musst du damit rechnen, wenn du ungeschützt mit dem Mädchen . . .«

»Stell dir vor, ich weiß, dass die Babys nicht mit dem Storch ankommen!«, unterbrach Florian sie wütend. »Wir haben das längst alles in der Schule durchgekaut.«

»Ah, da bin ich ja beruhigt«, meinte sie ungerührt. »Ich habe hier trotzdem die wichtigsten Dinge zusammengefasst, nur zur Sicherheit. Durchlesen kostet nichts,

nicht wahr, Schatz?« Sie hielt ihm lächelnd einen Faltbogen vor die Nase.
»Merkblatt über Empfängnisverhütung«, las Florian ungläubig. Weil er nicht wusste, was er sonst tun sollte, verstaute er den Wisch in der Schultasche. Er trank eilig den Tee aus und verabschiedete sich, bevor sie ihm noch mehr peinliche Fragen stellen konnte.

In der Schule zeigte er Patrick das Verhütungsblatt. Der war natürlich restlos begeistert.
»Legen wir's Pater Richard auf das Pult«, schlug er vor. »Das wird ein Spaß!«
Florian ließ sich überreden. Er hatte nur leider übersehen, dass seine Mutter das Merkblatt aus ihrer Arztpraxis kopiert hatte. Unten stand klein gedruckt ihre Adresse darauf.
Der Religionslehrer reagierte anders, als Patrick vorausgesagt hatte. Er war nicht verlegen, sondern im Gegenteil total begeistert.
»Endlich rafft sich ein Schüler auf und wählt von sich aus ein Unterrichtsthema«, lobte er. »Ausgezeichnet, Florian! Hast du Fragen zum Thema Verhütung?«
»Klar hat er!«, platzte Patrick heraus, bevor Florian etwas erwidern konnte. »Er traut sich nur nicht.«
»Warum ist dir das peinlich, Florian?«, fragte der Pater. »Das ist ein sehr, sehr wichtiges Thema, vor allem in deinem Alter. Nur immer raus damit.«
Alle Augen richteten sich auf Florian. Er warf dem grinsenden Patrick einen vernichtenden Blick zu. Am liebsten hätte er ihn gewürgt.

»Willst du lieber unter vier Augen mit mir sprechen?«, fragte Pater Richard.
»Nein, ich ...«
»Das ist unfair!«, rief Patrick. »Sie haben selbst gesagt, das Thema ist für uns alle wichtig.«
»Nun, ihr könntet eure Fragen schriftlich und anonym abgeben«, schlug der Pater vor. »Ich lese die Fragen dann in der nächsten Stunde vor, und wir reden darüber.«
Der Vorschlag wurde begeistert aufgenommen. Florian erntete eine Menge Lob und Schulterklopfen.
Die Religionsstunde blieb leider das einzig Positive des Schultages. Nachmittags war noch eine Stunde Englisch angesagt. Zum ersten Mal freute sich Florian darauf. Endlich durfte er den anderen seine tolle Schularbeit präsentieren.
Er wurde enttäuscht. Maxilein rückte nicht damit heraus, weil er noch nicht alle Arbeiten korrigiert hatte. Dafür prüfte der Knilch Vokabeln ab. Der Erste, den er aufrief, war Florian.
»Wieso?«, fragte dieser verblüfft. »Wieso schon wieder ich? Ich dachte ...«
»Warum nicht du?«, erwiderte Maxilein freundlich. »Komm bitte raus und bring dein Vokabelheft mit.«
Florian konnte unmöglich in die Nullwelt flüchten, so lange ihn alle ansahen. Er hätte bei seiner Rückkehr genau dieselbe Körperhaltung einnehmen müssen wie vor dem Wechsel, sogar den gleichen Gesichtsausdruck. Das war unmöglich. Andererseits war er bei den Vokabeln total blank. Er tat so, als würde ihm das Heft

durch eine Ungeschicklichkeit aus der Hand fallen. Unter die Bank gebückt, konnte er den Zeitwechsel unbemerkt durchziehen.
Danach setzte er sich in die freie, letzte Bank und blätterte angewidert die Heftseiten durch.
Die letzten Prüfungen waren allesamt in die Hose gegangen. Eigentlich konnte es ihm egal sein. Mit der tollen Schularbeit war er die Sorgen um seine Versetzung los. Oder doch nicht? Wenn er plötzlich die Wörter nicht wusste, die er noch gestern bei der Schularbeit verwendet hatte, musste Maxilein dann nicht Verdacht schöpfen? Florian konnte sich beim besten Willen nicht erinnern, welche Wörter das waren. Er musste irgendwie an das Schularbeitsheft herankommen. Vielleicht hatte es der Lehrer in der Aktentasche? Er sah sofort nach. Fehlanzeige. Florian versuchte es im Lehrerzimmer. Er durchwühlte die Laden von Maxileins Schreibtisch. Wieder nichts. Der Lehrer musste die Hefte mit zu sich nach Hause genommen haben. So ein Pech! Murrend begann Florian mit dem Lernen. Schon nach kurzer Zeit gab er auf. Er konnte sich nichts merken, weil er einfach keine Lust hatte. Schon wieder dieser elende Kleinkram! Warum hatte ein Mächtiger wie er das nötig? Was kümmerte ihn so was Unwichtiges wie Schulnoten? Entschlossen duckte er sich wieder unter die Bank und kehrte in die Normalzeit zurück.
Die Prüfung lief weniger schlimm als erwartet. Von fünfzehn abgefragten Vokabeln wusste er nur fünf nicht.
»Ich glaube, dass du dich in letzter Zeit wirklich be-

mühst«, sagte Maxilein in freundlichem Ton. »Aber du lernst falsch. Es genügt nicht, wenn du dich intensiv auf eine Arbeit vorbereitest, alles in kurzer Zeit in deinen Kopf schaufelst und hinterher die Hälfte vergisst. Lerne in kleinen, aber regelmäßigen Dosen. Du wirst sehen, das macht alles leichter.«

Sprach's und notierte ein sattes Mangelhaft ins Prüfungsheft. Florian hätte ihn am liebsten angebrüllt.

Aus, Ende, es reicht!, dachte er auf dem Nachhauseweg. Muss ich mir das von so einem kleinen Maxi gefallen lassen? Nein, muss ich nicht. Der kann mich mal! Morgen gehe ich nicht zur Schule. Ferien sind sowieso längst überfällig. Darum mache ich jetzt eine Woche Extraferien, einfach so. Ich bestimme das, und du kannst nichts dagegen tun, Don Maxi. Danach überlege ich mir, ob ich mir die Schule überhaupt noch weiter antue.

Dieser heimliche Entschluss brachte Florian in Hochstimmung. Eine ganze freie Woche, in der er tun konnte, was ihm gefiel, und niemand würde es bemerken. Ha! Warum nicht gleich zwei oder drei Wochen?

Vergnügt pfiff er vor sich hin. Er aß und zog sich um. Dann glitt er hinüber in die lautlose Welt, in der er sieben Tage und Nächte verbringen wollte.

Zuerst besuchte Florian einen Computerfachmarkt. Dort wählte er sich den teuersten Laptop, den er finden konnte, und fütterte ihn mit einem Videogame aus dem Verkaufsregal. Auf Akkubetrieb lief das Ding tadellos. Vier Stunden später waren die Akkus leer. Kein Problem. Es standen noch genügend andere aufgeladene

Geräte bereit. Außerdem war das nicht das einzige Geschäft in der Stadt.
Nach dem Spielen ging er ins Hallenbad. Natürlich funktionierten die Brausen nicht. Dafür genoss er die geheizten Schwimmbecken umso mehr. Die große Rutsche gehörte ihm allein, so wie das ganze Bad. Die paar in der Zeit festgefrorenen Schwimmer störten nicht.
Nur die merkwürdigen Nebelwesen gingen ihm auf den Keks. Wie es schien, waren stets welche in Florians Nähe, auch wenn er sie gerade nicht sehen konnte, weil Mauern oder andere Hindernisse die Sicht versperrten. Mit der Zeit gewöhnte sich der Junge an die harmlosen Gespenster.
Angenehm müde plumpste er nach dem Baden ins Bett. Die Ferien begannen viel versprechend.
Morgen, so beschloss er, werde ich mich um die wirklich großen Dinge kümmern. Wir beginnen mit Stufe eins des Planes zur Rettung der Welt. Robin Hood tritt in Aktion. Nehmt euch in Acht, ihr reichen Geldsäcke! Kichernd kuschelte er sich ins Bett.
Kurz vor dem Einschlafen dachte er noch an den alten Fred. Er hatte ihm eine Flasche Wein versprochen. Ich hole es nach, dachte er, gleich morgen früh.

VI. Zeitdieb

Als Florian erwachte, war es außerhalb der Nullwelt immer noch vier Uhr. So sollte es eine Woche lang bleiben. Es war daher sinnlos, weiter auf die Normalzeit zu achten. Ab sofort konnte sich Florian nur noch auf seine Armbanduhr verlassen. Er stellte sie auf sieben Uhr. Eine gute Zeit zum Aufstehen.

Den Kühlschrank ließ er unberührt. Er ging im Supermarkt frühstücken. Frisch gestärkt machte er sich an die Arbeit. Reich werden war angesagt.

Unschlüssig betrachtete der Möchtegern-Robin-Hood die Supermarktkasse.

Die sollte ich vielleicht verschonen, dachte er. Schließlich habe ich hier schon genug Waren geklaut. Andererseits muss ich irgendwo anfangen. Soll ich? Soll ich nicht?

Er entschloss sich zu einem Kompromiss. Nur zwei Hunderter nahm er aus der Geldlade. Oder nein, doch lieber drei. Das konnten die Ladenbesitzer leicht verkraften. Sein Herz klopfte heftig. Es war das erste Mal, dass er Geld stahl. Überstürzt verließ er mit der Diebesbeute den Laden. Dabei drehte er sich mehrmals nach eingebildeten Verfolgern um. »Niemand kann mich sehen«, flüsterte er, um sich selbst zu beruhigen. »Hosenschiss lass nach!«

Es dauerte eine Weile, bis sich sein Pulsschlag beruhigte. Florian betrachtete lauernd die in der Zeit eingefrorenen Menschen. Wo waren die reichen Geldsäcke und die Ganoven, die er erleichtern konnte, um den Armen zu helfen? Da! Der Typ im grauen Anzug sah nach Geld aus. Noch dazu hatte er ein total unsympathisches Gesicht. Der war ein gutes Opfer.

Frech langte Florian nach der Gesäßtasche des Fremden, wo sich die dicke Geldbörse deutlich abzeichnete. Sein unüberlegter Griff wäre ihm beinahe zum Verhängnis geworden. Durch die Annäherung geriet der Mann in den Bereich der Zeitblase. Er spürte die Berührung und reagierte sofort.

»Heda, Diebesgesindel!« Blitzschnell wirbelte der Anzugträger herum. Seine geballte Faust traf den Jungen an der Brust und warf ihn nieder. Das war ein Riesenglück. Durch Florians Sturz geriet der Angreifer aus der Nullzeit-Zone und erstarrte. Hätte er den Jungen gepackt und festgehalten, wäre dieser hilflos gewesen.

Keuchend krümmte sich Florian am Boden. Schmerz lass nach. Er schnappte nach Luft.

»B-brutaler Mistkerl!«, waren die ersten Worte, die er hervorbrachte. Voll Wut rappelte er sich wieder hoch.

Er näherte sich dem wehrhaften Mann von hinten und holte mit dem Fuß aus, um ihn kräftig in den Allerwertesten zu treten. Im letzten Moment verzichtete er auf seine Rache. Es war schon schlimm genug, dass ihn der Kerl für Sekundenbruchteile gesehen hatte. Wahrscheinlich würde er jetzt an seinem Verstand zweifeln und über den Vorfall schweigen. Wenn er aber jetzt noch zusätzlich eine verpasst bekam, musste ihm klar werden, dass hier tatsächlich ein Unsichtbarer sein Unwesen trieb.

Florian zog seine Lehre aus dieser Beinahe-Katastrophe. Von nun an wollte er einen Respektabstand zu allen Menschen einhalten. Die Kassen der Läden, Kaufhäuser und Restaurants waren leichter zu plündern. Er räumte sie aber nie ganz aus, sondern nahm immer nur ein paar Scheine, in der Hoffnung, dass es unbemerkt bleiben könnte. Zusätzlich achtete er darauf, dass die Tatorte nicht direkt nebeneinander lagen, damit die unheimliche Diebstahlserie nicht so auffiel.

So latschte er kilometerweit durch die Stadt, von einem Geschäft zum anderen, bis seine Beine schmerzten. Immerhin, die Beute konnte sich sehen lassen. Zweitausenddreihundert Euro an einem Tag. Er rechnete im Kopf nach. Wenn das so weiterging, hatte er in der einen Ferienwoche sechzehntausend Euro beisammen. Für den Anfang nicht schlecht.

Als er endlich nach Hause kam, zeigte die Armbanduhr zwanzig Minuten vor Mitternacht an. Obwohl der Junge hundemüde war, wälzte er sich noch lange unruhig im Bett. Er erwachte oft und hatte Alpträume.

Zweiter Ferientag in der Nullwelt. Um zehn stand Florian auf. Er konnte sich kaum rühren vor lauter Muskelkater. So hatte er sich die Extraferien nicht vorgestellt. Beim Frühstück im Delikatessenladen überlegte er sich, wie er das anstrengende Herumlatschen vermeiden konnte. Warum gehen, wenn man auch fahren kann, dachte er sich und holte sein Fahrrad aus der Garage. Das heißt, er wollte es holen, doch es ging nicht. Das Vorderrad blockierte, weil es sich teilweise außerhalb der Nullzeit-Zone befand. Schließlich holte er sein altes, verstaubtes Kinderrad aus dem Keller. Das Ding passte gerade noch in die Zeitblase. Die zu kurzen Pedale und die niedrige Lenkstange waren zwar unbequem, aber das war immer noch besser als laufen. Sogar überraschend schnell kam er damit voran, weil er nicht auf den Verkehr oder auf Ampeln Acht geben musste. In einer halben Stunde erreichte er das Einkaufszentrum am Stadtrand. Hier erhoffte Florian sich reiche Beute. Er wurde enttäuscht. Die Kassen waren nicht voller als in der Innenstadt. Das war alles zu mühsam. Das ging alles viel zu langsam!

Unschlüssig blieb er vor einem Juweliergeschäft stehen. Die Preise, die da unter den Schmuckstücken standen, waren Schwindel erregend hoch. Elftausend für eine einzige Halskette? Florian fackelte nicht lange. Diese Kette war nur für Superreiche gemacht. Sie war purer Luxus, während auf der Welt so viele Menschen hungerten. Er steckte sie in eine Plastiktüte aus dem Supermarkt. Einige wertvolle Ringe ließ er ebenfalls mitgehen.

So, mit dieser Ausbeute konnte er wirklich zufrieden sein. Oder doch nicht? Schon auf dem Weg nach Hause kamen ihm Zweifel.

»Ich Vollidiot!«, murmelte er und schlug sich an die Stirn.

Es war schwierig, die heiße Ware zu Geld zu machen, das wusste er aus vielen Krimis. Von besonders teuren Schmuckstücken wurden Fotos gemacht, damit jeder Händler und auch die Polizei sie wieder erkennen konnten. Das Zeug war praktisch unverkäuflich. Juwelendiebe brauchten Helfer, Spezialisten, die das Gold einschmolzen, die Edelsteine herausnahmen und umschliffen. Nur Verbrecherorganisationen konnten mit geklautem Schmuck etwas anfangen.

Auf der Stelle radelte Florian zurück und legte den Schmuck wieder in die Vitrine. Den Rest der Tagesbeute spendierte er einem Straßenmusikanten.

Vor dem Schlafengehen besuchte er noch das Hallenbad, um die schmerzenden Muskeln zu entspannen. Das lief alles nicht wie geplant. Er musste unbedingt noch mal mit dem alten Fred reden. Vielleicht hatte er etwas falsch verstanden. Ach ja, die Weinflasche! Die durfte er auf keinen Fall vergessen.

Dritter Ferientag in der Nullwelt: Gleich nach dem Aufstehen besuchte Florian einen Spezialladen für alkoholische Getränke. Sorgfältig wählte er die teuerste Flasche, die er finden konnte. Danach ging er zu Fred. Suchen musste er den Stadtstreicher nicht. Er hatte ihn schon bei seinem ersten Beutezug im Park entdeckt.

Dort saß der Alte auf einer Bank, den Kopf zurückgelehnt, die Augen geschlossen. Der Junge suchte sich ein geeignetes Versteck für den Zeitwechsel.
In der Normalwelt schien die Sonne. Florian blinzelte, geblendet von dem grellen Licht. Er atmete tief durch und genoss es. Jetzt erst fiel ihm auf, wie stickig die Luft in der Nullwelt roch. Und wie angenehm sich die leichte Brise anfühlte!
»Hallo, Fred.«
Der Alte grunzte unwillig. Verwirrt stierte er den Jungen aus entzündeten Augen an.
»Wä? Wo? M-meinste mich? W-wer will was von mir? Geh weg. Lass mich in Ruhe.«
Florian überlegte, ob er nicht ein andermal wiederkommen sollte. Offenbar war der Alte stinkbesoffen. »Ist schon gut, Fred. Ich bringe dir nur das versprochene Geschenk.«
»Oh! Ah!« Der Alte schnappte sich die Flasche mit einem schnellen Griff. Er wollte sie mit zitternden Fingern öffnen. Vergeblich.
»Warte, ich helfe dir«, bot Florian an.
»Nö, nix da. Das ist jetzt meins!« Mit den wenigen verbliebenen Zähnen zerrte der Betrunkene am Korken. »Meins!«
Florian wandte sich zum Gehen. Es hatte heute wohl keinen Sinn, Fragen zu stellen.
Plopp, machte es hinter ihm. Dann hörte er ein langsames »Gluck, Gluck, Gluck« und einen zufriedenen Seufzer. »Prost«, murmelte er angewidert.
»Warte, Kleiner«, krächzte der Alte. »Warte nur einen

Augenblick. Gleich geht's mir wieder besser.« Ein erneutes »Gluck, Gluck, Gluck« war zu hören.

»Ah, das hatte ich jetzt wirklich nötig. Danke, Freund! Du hast mir das Leben gerettet.«

»Na, ich weiß nicht«, erwiderte Florian skeptisch. »Das Zeug bringt dich eher um, scheint mir.«

»Sicher tut es das«, bestätigte Fred. Er wirkte plötzlich wieder hellwach und vernünftig. »Aber weißt du, wenn ein Alkoholiker seinen Stoff nicht kriegt, geht es ihm mies. Du kannst dir gar nicht vorstellen wie mies.«

»Du könntest dir das Trinken abgewöhnen«, schlug Florian vor. »Jeden Tag ein bisschen weniger oder so.«

»Gewiss könnte ich das«, sagte Fred. »Es wäre eine harte Sache, aber möglich wäre es. Ich sehe nur nicht ein, warum ich mir das antun sollte. Wenn ich genug Sprit habe, geht es mir ausgezeichnet. Ich spüre keinen Schmerz, ich spüre keine Kälte. Ich muss nicht mehr angestrengt nachdenken, denn die schönsten Gedanken kommen von selbst zu mir. Der Alkohol bringt meine Gedanken zum Fliegen.«

Florian sah ihn fragend an. »Zum Fliegen?«

»Du kapierst es nicht«, sagte der Alte. »Ist auch gut so. Denn diese fliegenden Gedanken betrügen dich am Ende. Sie sind wie Nebelfetzen. Du kannst sie sehen, aber wenn du nach ihnen greifst, fasst du ins Leere. Nur leere, bunte Seifenblasen. Wenn der Rausch vergeht, verblassen sie, zerplatzen sie, paff! Und am Ende bringen sie dich um, wie du richtig erkannt hast.« Er nahm noch einen tiefen Zug aus der Flasche.

»Sichtbare, aber nicht greifbare Nebelfetzen?«, wieder-

holte Florian fasziniert. »Wie Gespenster, die in einer anderen Zeit leben?«
Der Alte hob erstaunt die Brauen. »Ungewöhnliche Gedanken sind das für einen so jungen Hüpfer«, brummte er. »In der Tat, Florian, für Gedanken sind Raum und Zeit kein Hindernis. Wenn die Gedanken frei herumfliegen, weiß man nie, wohin sie einen tragen.« Er kicherte. »Dazu muss man sich aber nicht unbedingt mit Alk zuschütten. Les ein Buch, steig auf einen Berg, geh in den Wald oder leg dich ins Gras und schau den Wolken zu. Junge Leute können ihre Gedanken bei jeder Gelegenheit fliegen lassen. Es fällt ihnen leicht. Nur ausgebrannte Ruinen wie ich brauchen Hilfsmittel dazu.« Er tätschelte die Weinflasche. »Das ist guter Stoff, der beste, den ich je genuckelt habe. Hast du aus Papas Keller geklaut?«
»Die Nebelfetzen, die man sehen, aber nicht anfassen kann«, hakte Florian nach, »wie sehen die genau aus? Wie leuchtende weiße Geister mit Flügeln?«
Fred antwortete nicht sofort. Es war erstaunlich, welche Veränderung der Wein bei ihm bewirkte. Seine Bewegungen wirkten nicht mehr lahm. Die roten Augen musterten den Jungen lebhaft und neugierig.
»Geister mit Flügeln?«, wiederholte er schließlich. »Erzähle mir mehr davon.«
»Sie sind ungefähr zwei Meter groß«, sagte Florian. »Sie leben nicht in unserer Welt, sondern dort, wo die Zeit stillsteht. Sie schweben durch alles hindurch. Sie . . .« Er unterbrach sich, weil ihm bewusst wurde, wie verrückt sich das anhören musste.

Fred lachte ihn nicht aus. »Du hast sie gesehen?«, fragte er nur.
»Ja. Du auch?«
»Nein, Junge, die sind mir nie begegnet. Aber ich glaube dir. Wenn die Gedanken fliegen, ist nichts unmöglich. Die Geister leben dort, wo die Zeit stillsteht, sagst du?«
Florian überlegte ernsthaft, ob er dem Alten nicht die ganze Geschichte erzählen sollte. Es tat gut, endlich mit einem anderen Menschen über diese seltsamen Dinge zu sprechen. Andererseits hatte er bereits geklaut wie ein Rabe. Er konnte sich keine Zeugen leisten.
»War nur so eine Idee«, murmelte er ausweichend.
Der Alte erwiderte nichts. Eine Weile saßen sie schweigend nebeneinander.
»Du, Fred«, sagte Florian schließlich. »Was ist eigentlich Zeit?«
»Der ewige Fluss, der das Universum wie ein schwingendes Pendel anstößt«, antwortete der Alte ohne Zögern. Florian nickte. Das mit dem Fluss war ihm längst klar. Aber was war mit dem schwingenden Pendel gemeint?
»Das Universum ist wie ein Pendel«, fuhr Fred fort, als habe er seine Gedanken gelesen. »Es schwingt nach oben und Dinge entstehen, Dinge wachsen. Sie entwickeln sich, zuerst schnell, dann immer langsamer, bis das Pendel ganz nach oben geschwungen ist. Dort, am Höhepunkt, steht das Pendel für kurze Zeit still. Dann schwingt es zurück. Dinge verfallen, altern, zuerst langsam, dann immer schneller. Ganz unten sterben sie, werden zu Staub. Doch der Tod ist nicht das Ende.

Denn ganz unten ist das Pendel am schnellsten. Es schwingt sofort wieder nach oben. Aus Staub und Tod entsteht neues Leben. So geht es in einem fort.«

Florian verstand kaum die Hälfte von dem, was der Alte da erzählte. Trotzdem war er so beeindruckt, dass er fast vergessen hätte, was er ursprünglich fragen wollte. Schließlich fiel es ihm wieder ein.

»Fred, gibt es Mächtige und Reiche, die ihren Reichtum nicht verdienen?«

Der Alte gluckste vergnügt. »Warum fragst du? Du weißt genau, dass es so ist.«

»Hm, stimmt«, gab Florian zu. »Ich meinte etwas anderes. Wenn du bestimmen könntest, welche Leute ihren Reichtum mit anderen teilen müssten, wem würdest du was wegnehmen?«

»Die Welt ist voll von solchen Leuten«, erwiderte Fred. »Sie haben überall ihre Finger drin, in Konzernen, Banken, Versicherungen, Regierungen. Wo einmal ein Haufen Geld ist, kommt automatisch jede Menge dazu. Geld zieht es immer zu Geld.«

»Konzerne, Banken, Versicherungen«, wiederholte Florian. »Soso. Du meinst, denen könnte man ruhig was wegnehmen?«

»Den Mächtigen nimmt niemand was weg. Und sie geben auch nichts freiwillig her. Weißt du, wie ich meinen Kiosk verloren habe? Die Banken wollten mir keinen Kredit geben. Einen Kredit bekommt man nur, wenn man auch was zu verlieren hat. Wer nichts mehr hat, kriegt auch nichts. So läuft das, mein Junge. So und nicht anders.«

Florian verabschiedete sich. Er sprang nicht sofort wieder in die Nullwelt. Nur eine Weile noch wollte er den Sonnenschein und den Wind genießen. Er schlenderte entlang des Parkteiches und beobachtete die Enten.
»Hallo, du.« Jemand berührte ihn an der Schulter. Florian drehte sich um und erschrak.
Da stand das blonde Mädchen, das er vor dem Auto gerettet hatte. Wie lange war das her? Für ihn einige Tage, aber für sie? War es gestern gewesen? Vorgestern?
»Du bist es«, sagte die Blonde. »Streite es nicht ab. Ich merke mir Gesichter sehr genau.« Florian wusste nicht, was er sagen sollte. Einfach in die Nullwelt abhauen konnte er nicht. Es waren zu viele Menschen in der Nähe.
»Ich heiße Laura. Du hast mein Leben gerettet.«
»War selbstverständlich«, erwiderte Florian. »Du darfst bloß niemandem davon erzählen.«
»Geht klar«, versicherte sie. Sacht berührte sie seine Wange. Dabei sah sie ihn mit ihren riesigen, hellblauen Augen an. Die schönsten Augen, die Florian je gesehen hatte.
»Ein Engel oder Geist bist du nicht«, stellte sie fest. »Was bist du? Ein Außerirdischer?«
Nun mussten beide lachen.
»Ich bin Florian. Und ich bin ein ganz normaler Mensch.«
Laura schüttelte den Kopf. »Normal bist du sicher nicht. Du hast irgendwas gemacht, damit die Zeit stillsteht. Wie geht das? Ein Trick?«
»Ja, könnte man so sagen.«

»Erzähl mir mehr davon. Braucht man dazu ein technisches Gerät?«
»Nein, man muss nur an etwas Bestimmtes denken.«
»Ach! Dann kann ich das auch lernen?«
Darauf wusste Florian keine ehrliche Antwort. Vielleicht war er gar keine Ausnahme. Womöglich konnte jeder Mensch in die Nullwelt gelangen, der zufällig auf den Trick kam. Er hatte noch nie darüber nachgedacht.
»Ich glaube nicht«, murmelte er.
»Aber du weißt es nicht sicher«, stellte Laura fest. »Bitte zeige mir, wie man die Zeit anhält. Ich möchte es versuchen.«
»Nein, unmöglich. Es sehen zu viele Leute zu.«
»Dann gehen wir irgendwohin, wo wir ungestört sind. Zu mir nach Hause?«
»Ich, äh . . .«
»Abgemacht!« Sie nahm seine Hand. »Komm, es ist nicht weit.«
Florian folgte ihr wie betäubt. Er fühlte sich überrumpelt. An Schüchternheit litt diese Laura gewiss nicht. Sie redete in einem fort.
»Du kannst die Zeit anhalten, wann und wo du willst?«
»Hm, ja.«
»Wow! Das ist ja praktisch. Dann kannst du niemals zu spät kommen. Du kannst dir überall Zeit lassen und sogar unvorsichtige Schlafmützen vor Autos retten. Was treibst du sonst noch?«
»Tja, ich . . .«
»Ach ja!«, rief sie. »Wusste ich doch, dass ich was vergessen habe. Ich habe mich noch nicht bedankt. Da, den

hast du dir verdient.« Sie gab dem verdutzten Jungen einen Kuss. »Ohne dich gäbe es mich nicht mehr, und ich könnte dir nicht mit meinem Gequassel auf die Nerven gehen. Wolltest du was sagen?«

Florian konnte nur den Kopf schütteln. Das ging ihm alles viel zu schnell. Eben noch hatte er überlegt, wie er die Extraferienwoche besser ausnutzen könnte, und plötzlich spazierte er Hand in Hand mit einem hübschen Mädchen, das ihn zu sich nach Hause führte.

»So, da sind wir.« Laura führte ihn zu einem Reihenhaus direkt am Stadtpark.

»Schon wieder abgeschlossen«, murrte sie. »Das bedeutet, mein Paps ist zu Hause. Der hat einen Sicherheitsfimmel. Überall dreht er den Schlüssel rum. Er ist Polizist, weißt du.« Sie drückte mehrmals den Klingelknopf.

Florian schluckte. Ausgerechnet! Ein Polizist würde natürlich als Erster über die mysteriöse Diebstahlserie informiert werden. Wenn Laura ihr Versprechen brach und den Jungen erwähnte, der die Zeit anhalten konnte, war es aus. Natürlich musste ihr Vater dann sofort seine Schlüsse ziehen und Florian verdächtigen. Schlimmer hätte er es nicht treffen können.

»Du sagst am besten nur hallo«, wies Laura ihn an. »Das Reden übernehme ich.«

Ungeduldig presste sie den Daumen auf den Klingelknopf. Nach einigem Gepolter und Gemurre wurde die Tür geöffnet.

Lauras Vater war riesig, bestimmt zwei Meter groß, schätzte Florian. Offenbar war er gerade unter der Dusche gestanden. Er war nur mit einem Bademantel bekleidet. In seinen schulterlangen, schwarzen Haaren und im dichten Vollbart hing noch Schaum. Eigentlich sah der Typ gar nicht wie ein Polizist aus. Eher wie ein Rocker.

»Musst du immer im ungünstigsten Moment aufkreuzen?«, beschwerte sich der Riese.

»Selbst schuld«, konterte Laura. »Warum musst du immer alles dichtmachen? Du tropfst.«

Sie deutete auf die Türschwelle, wo sich bereits eine Pfütze bildete. Dann schob sie den Jungen vor. »Das ist Florian.«

»Hallo«, sagte dieser artig.

»Florian, aha«, brummte der Riese. Er musterte den Jungen aus zusammengekniffenen Augen. »Schulfreund?«

»Nur Freund«, korrigierte Laura. »Du solltest dich abtrocknen, bevor du dich erkältest.« Sie drängte sich an ihrem Vater vorbei und zog Florian mit in die Wohnung. »Hier geht's lang.«

Laura führte Florian in ihr Zimmer. Es lag direkt unter dem Dach und hatte größtenteils schräge Wände, die mit hellem Holz verkleidet waren.

Urgemütlich, fand Florian, so ganz anders, als er sich ein Mädchenzimmer bisher vorgestellt hatte. Hier war es mindestens so unaufgeräumt wie in seiner eigenen Bude. An den Wänden hingen keine Poster irgendwelcher Boygroup-Schönlinge, sondern technische Zeichnungen. Er zählte insgesamt sechs Motorrad-Bastelmodelle in den Regalen. Ein siebtes, halb fertiges Modell lag auf dem Schreibtisch, inmitten von zig Einzelteilen, Werkzeug und Keksen.

»Setz dich«, forderte Laura ihn auf. »Ich hole was zu trinken.« Weg war sie.

Florian sah sich vergeblich nach einer Sitzgelegenheit um. Außer dem Schreibtischsessel, auf dem ebenfalls ein Haufen Werkzeug lag, gab es nur noch das Bett. Aber dort hatte Laura ihre Schulhefte ausgebreitet. So hockte er sich auf den Boden.

Es dauerte nicht lange, bis Laura mit zwei Limoflaschen und einer Riesenpackung Chips zurückkam. »So, jetzt musst du aber erzählen«, forderte sie ihn auf. »Wie hält man die Zeit an? Kannst du das machen, sooft du willst, oder gibt's da eine Grenze? Muss man dazu die Augen schließen, die Luft anhalten oder wie? Nun rede schon.«

»Luft anhalten wäre nicht schlecht«, sagte Florian. »Dann komme ich vielleicht auch mal zu Wort.«

Laura kicherte. »Ich weiß, es ist schlimm mit mir. Ab jetzt halte ich garantiert die Klappe. Kannst anfangen.«

»Also, äh . . .« Florian suchte nach den richtigen Worten. »Stell dir vor, da ist etwas, das fließt. Als ich zum ersten Mal die Zeit anhielt, stand ich am Fluss. Ich habe das Wasser beobachtet.«

»Wasser«, wiederholte Laura und nickte. Sie sprang auf, eilte zum Waschbecken und drehte am Wasserhahn. »Reicht das?«

»Nein. Du musst dir einen richtig großen Fluss vorstellen. Stell dir vor, du stehst mittendrin. Du tauchst sogar mit dem Kopf unter. Um dich herum fließt alles. Du stemmst dich gegen die Strömung.«

»Okay«, murmelte Laura. »Ich versuche es.« Sie hielt die Augen geschlossen. Ihr Gesicht wirkte angespannt. »Weiter.«

»Die Zeit ist wie ein Fluss«, erklärte Florian. »Sie umströmt dich, immer und überall, wo du auch bist. Du spürst sie nicht auf der Haut. Du fühlst das Fließen nur im Kopf. Du musst den Fluss mit deinen Gedanken aufhalten, einen Damm bauen. Stelle es dir vor. Stemm dich dagegen. Irgendwann merkst du, wie die Strömung zäher und langsamer wird, bis sie gefriert.«

Lauras Gesicht verzerrte sich noch mehr. »Okay. Und weiter?«

»Nichts weiter.«

Sie blinzelte ihn unter halb geschlossenen Wimpern an. »Was denn, das ist alles?«

»Ja, mehr ist da nicht. Wenn du spürst, wie die Zeit um dich gefriert, bist du in der Null-Welt.«

»Null-Welt?«

»So habe ich diese Zone der stillstehenden Zeit genannt.«

»Aha.« Laura schloss erneut die Augen. Eine Weile schwiegen beide.

»Es klappt nicht«, sagte sie schließlich. »Ich fühle gar nichts.«

»Ich zeige es dir«, bot Florian an. »Du musst näher kommen.«

Laura rutschte näher zu ihm. »So?«

»Nein, das reicht nicht. Die Zeitblase ist sehr klein, nicht mal einen Meter im Umkreis.«

»Verstehe.« Sie schlang beide Arme um ihn. Ihre Gesichter berührten sich beinahe. Laura kicherte. »Das ist die abgefahrenste Anmache, die ich je erlebt habe. Nahe genug?«
Florian nickte nur. Er war so abgelenkt, dass er den Übergang in die Nullwelt beinahe nicht geschafft hätte. Schließlich glückte es ihm doch. Das Rotlicht der Nullwelt umfing sie.
Laura jubelte. »Spitze! Ich muss das unbedingt lernen. Erkläre mir alles noch einmal ganz genau.«
Eine Stunde später gab sie auf. Es war sinnlos, weiterzuüben, denn sie fühlte das Fließen nicht. Anscheinend verfügte doch nicht jeder Mensch über Florians Talent.
Florian war einerseits heilfroh darüber. Andererseits war er enttäuscht. Die Nullwelt wäre noch viel aufregender gewesen, wenn er sie mit Laura hätte teilen können.
Jetzt erst erkannte er, wie sehr ihn die Einsamkeit und die Stille der letzten Tage bedrückt hatten. Das fröhliche Mädchen war genau das, was ihm gefehlt hatte.

Eingehakt spazierten die beiden durch die Nullwelt. Laura stellte dabei ununterbrochen Fragen, die Florian nur selten beantworten konnte. Am meisten staunte das Mädchen über die seltsamen Nebelwesen. Sie versuchte sogar eines zu fangen. Natürlich vergeblich. Ebenso wie Florians griffen ihre Finger ins Leere.
Im Schutz der Zeitblase spielten sie Lauras Vater Streiche. Eine Zigarette lag plötzlich halbiert im Aschenbe-

cher. Der Kaffee wurde versalzen, ein Glas Orangensaft leerte sich von selbst. Wasserhähne öffneten sich. Das Radio plärrte plötzlich mit voller Lautstärke ... Nach jeder Aktion zogen sich die Übeltäter kichernd auf sichere Beobachtungsposten zurück, um den Effekt zu beobachten. Am Ende war der arme Mann total entnervt und bereit, an Gespenster zu glauben.
»Du bist unglaublich mächtig«, stellte Laura fest.
Florian sonnte sich in ihren bewundernden Blicken. »Nicht wirklich«, meinte er verlegen. »Einer allein ist einsam und klein. Willst du mir helfen?«
»Helfen wobei?«
»Beim Kampf gegen das Unrecht.«
»Wenn ich kann«, antwortete sie ausweichend. »Lass uns das in der Sonne besprechen. Ich fühle mich hier nicht besonders wohl.«
Florian tat ihr den Gefallen. In einer abgelegenen Ecke des Parks löste er die Zeitblase auf.
»Danke«, sagte Laura. Sie atmete tief durch. »Da fühle ich mich gleich wieder lebendiger. Wenn ich mir vorstelle, ich wäre länger in dieser stickigen, toten Gespensterwelt gefangen, wird mir schlecht. Keinen Tag würde ich es aushalten. Ich würde glatt durchdrehen. Du nicht?«
Florian antwortete nicht. Er wollte Laura nicht verärgern, nicht jetzt. Denn obwohl es nicht mehr nötig gewesen wäre, hatte sie immer noch den Arm bei ihm eingehakt. Das fühlte sich wunderbar an, warm und prickelnd. Ewig hätte Florian so spazieren können. Er hatte sich noch nie so gut gefühlt wie jetzt.

»Woran denkst du?«, fragte Laura. »Du wolltest, dass ich dir beim Kampf gegen irgendein Unrecht helfe. Welches Unrecht meinst du?«
»Na, das ganze Unrecht auf der Welt«, antwortete Florian. »Hunger, Krieg und so. Dagegen muss endlich was unternommen werden.«
»Schon. Aber was können wir dazu tun? Hast du einen Plan?«
Florian zögerte. Sollte er es wirklich wagen und ihr alles erzählen?
»Ich muss reich werden«, sagte er schließlich. »Nur mit viel Geld kann man viele Helfer gewinnen und so die wirklich großen Dinge verändern.«
»Das glaube ich nicht«, widersprach Laura. »Vater sagt, Geld verdirbt die Menschen.«
»Ich schwöre, wenn ich reich bin, werde ich nur Gutes tun«, beteuerte Florian.
»Gutes kannst du auch so tun. Vergiss nicht, du hast mir das Leben gerettet. Nicht mit allem Geld der Welt kannst du Tote wieder lebendig machen.«
»Stimmt«, gab Florian zu. Wenn er ihr nur besser erklären könnte, was er meinte. Er machte einen neuen Versuch. »Viele Menschen verhungern oder sterben an Krankheiten«, begann er. »Mit genug Geld könnte ich jede Menge Lebensmittel und Medikamente kaufen und . . .«
»Dazu reicht Geld allein nicht«, sagte Laura. »Alle Staaten der Welt müssten da zusammenhelfen. Das ist traurig, aber wahr. Wir können nur wenig tun.«
Florian verkniff sich eine heftige Antwort. Laura hatte

keine Ahnung, was man mit Geld alles tun konnte. Natürlich. Er selbst hatte es schließlich auch erst von Fred erfahren.
»Ich weiß noch nicht genau, was ich tun werde«, sagte er. »Das muss man gut überlegen.«
»Ja, mach das. Bestimmt findest du einen Weg, wie du dein Talent am besten einsetzen kannst, vielleicht bei der Polizei. Mein Paps könnte dir dabei helfen.«
»Bloß nicht«, wehrte Florian ab. »Niemand darf je davon erfahren. Wenn irgendwelche Militärfuzzis spitzkriegen, dass die Nullwelt existiert, werden sie alles versuchen, dorthin zu gelangen. Die würden mich endlos verhören, bis ich ihnen alles sage. Sie würden das Zeitfeld als Waffe einsetzen. Kannst du dir vorstellen, was Soldaten mit dieser Macht anstellen könnten?«
Laura sah ihn entsetzt an. »Du hast Recht«, flüsterte sie. »Das wäre schrecklich. Versprich mir, dass du das nie zulassen wirst.«
»Ich schwöre es«, sagte Florian.

Lange spazierten sie schweigend durch den Park, bis es zu dämmern begann. Ab und zu schielte Florian zu Laura. Ihr Gesicht wirkte angespannt. Sie dachte wieder über irgendwas angestrengt nach, wahrscheinlich über ihn. Florian hätte sie gerne gefragt, ob sie jetzt seine Freundin sei, aber er traute sich nicht.
Zufällig lief ihnen Bernd über den Weg. Dem stand vor Staunen der Mund offen, als er seinen Banknachbarn Arm in Arm mit einer blonden Schönheit sah. Florian grinste ihn an und genoss es. Schließlich wagte er die

Frage: »Meinst du, wir könnten uns öfter sehen, Rad fahren, Kino gehen oder so?«
»Ja, ich möchte, dass wir uns öfter sehen«, antwortete Laura. Dann gab sie ihm einen Kuss. Bernd fielen dabei fast die Augen aus dem Kopf, wie Florian hämisch bemerkte.

An diesem Abend verzichtete Florian auf die Rückkehr in die Nullwelt, obwohl die geplante Extraferienwoche längst nicht zu Ende war. Er hatte im Augenblick gar keine Lust, allein unter erstarrten Menschen zu leben. Viel lieber wollte er so schnell wie möglich Laura wiedersehen. Er verschob die Aktion »reich werden« auf unbestimmte Zeit. Anders entscheiden konnte er sich immer noch.

VII. Alle gegen einen

»Deine Hosen sind so dreckig, als ob du sie tagelang getragen hättest«, bemerkte Florians Mutter tags darauf. »Dabei habe ich sie erst vorgestern gewaschen.« Florian sagte nichts darauf. Er widmete sich weiter seinem Frühstück.

»Gestern Nachmittag habe ich nicht bemerkt, dass du weggegangen bist«, fuhr die Mutter fort. »Um vier habe ich an deine Zimmertür geklopft, und du warst nicht da. Du bist erst spätabends wieder aufgetaucht.«

»Ja«, sagte Florian nur, weil er hoffte, dass sie sich über die knappe Antwort ärgern würde.

Offenbar war ihm das gelungen, denn ihre Finger begannen ungeduldig auf die Tischplatte zu trommeln.

»Willst du mir verraten, wo du gewesen bist?«

»Muss ich das?«

»Nein, aber es wäre nett von dir.«

»Warum?«

Jetzt hatte er den Bogen offenbar überspannt. Die Fin-

ger hörten auf zu trommeln, die Mutter lehnte sich zurück und setzte ihr gefürchtetes eisiges Lächeln auf.
»Weil du gestern garantiert keine Hausaufgaben gemacht hast. Du hattest gar keine Zeit dazu. Wann willst du das nachholen? Wieder in der Pause abschreiben, Copy-King?«
Florian blinzelte überrascht. Woher kannte sie diesen Spitznamen?
»Ich war gestern in der Schule«, erzählte seine Mutter. »Dort habe ich mit deinen Lehrern geplaudert. Das war hochinteressant. Sie haben fast alle dasselbe berichtet. Du sitzt im Unterricht meist halb schlafend herum, lernst maximal das, was unbedingt nötig ist, um nicht durchzufallen, und machst deine Hausaufgaben nicht. Nein, streite es nicht ab! Ich habe auch deine Klassenkameraden befragt. Die Lehrer wissen natürlich ebenfalls Bescheid. Sie sind schließlich nicht auf den Kopf gefallen.«
Florian wusste nicht, wie er sich verteidigen sollte. Schließlich stimmte alles.
»Die blöde Schule . . . ödet mich an«, stieß er hervor.
»Wir haben alle unsere Pflichten«, belehrte ihn die Mutter. »Du kannst nicht so weitermachen, sonst stehst du eines Tages ohne Schulabschluss und ohne Berufsausbildung da. Was machst du dann? Unter der Brücke schlafen? Dein Vater und ich, wir werden nicht ewig da sein. Wir können dich nicht dein Leben lang füttern und auf dich Acht geben.«
»Ich brauche niemanden, der auf mich Acht gibt«, versicherte Florian trotzig.
»Offenbar doch«, entgegnete die Mutter. »Ab sofort

werden neue Regeln eingeführt. Und du wirst dich daran halten, sonst herrscht Krieg zwischen uns. War das klar genug?«

»Welche Regeln?«

»Du bekommst fürs Erste gesonderte Hausaufgaben, andere als deine Klassenkameraden, damit du nicht abschreiben kannst. Deine Lehrer haben sich zu dieser Extraarbeit bereit erklärt, wofür ich einige Überredung gebraucht habe.«

»Hä?« Florian traute seinen Ohren kaum.

»Außerdem gehst du bis auf weiteres nicht aus dem Haus, bevor du deine täglichen Pflichten erledigt hast. Ich werde regelmäßig deine Hefte kontrollieren.«

»Das kannst du nicht machen«, zischte Florian.

»Doch, ich kann.« Wieder dieses eisige Lächeln.

»Und wenn ich nicht mitmache?«

»Es gibt staatliche Jugendfürsorgestellen«, sagte sie leise. »Dort können überforderte Eltern Hilfe suchen. Würdest du gerne regelmäßigen Besuch vom Schulpsychologen bekommen?«

Noch mehr Moralpredigten und gute Ratschläge, diesmal sogar von Fremden? Florian durfte gar nicht daran denken. »Erpressung lass nach!«

»Schön.« Lächelnd trank die Mutter ihren Kaffee aus. »Dann sind wir uns ja einig. Jetzt beeil dich, sonst kommst du zu spät zum Unterricht.«

Schäumend vor Wut stapfte Florian zur Bushaltestelle. Sie hatten sich alle hinter seinem Rücken gegen ihn verschworen, Eltern, Lehrer und Klassenkameraden.

Wenn er draufkam, wer die Verräter in der Klasse waren, dann sollte es ihnen schlecht gehen! Er hatte auch schon einen Verdacht, wer das mit den abgeschriebenen Arbeiten ausgeplaudert hatte.
In der Schule angekommen, ging er zuerst auf die Toilette. Dort konnte er am leichtesten ungesehen in die Nullwelt wechseln. Danach kramte er in Patricks Tasche, bis er dessen Mathe-Hausaufgabenheft fand. In aller Ruhe schrieb er ab. Ob Patricks Lösungen richtig waren, war ihm egal. Wenn das mit den Extraaufgaben für ihn stimmte, war es ohnehin das letzte Mal, dass er sich auf diese Weise helfen konnte.

Dieser Schultag wurde der unangenehmste, den er je ertragen musste. Beinahe in jeder Stunde musste er an die Tafel. Die Mathelehrerin benahm sich besonders fies, obwohl er in Mathe doch nicht der Schlechteste war. Sie bohrte so lange nach, bis sie eine Schwachstelle entdeckte. Dann machte sie ihn fertig, wetterte über seine Faulheit und drohte mit ernsten Konsequenzen. Auch die anderen Lehrer fielen über ihn her. Tatsächlich hatten alle extra Hausaufgaben für ihn vorbereitet, in Mathe, Deutsch und Biologie. Zum Schaden gab es natürlich den Spott gratis. Nur Patrick, Eva und Egon beteiligten sich nicht an dem grausamen Spielchen. In der Mittagspause reichte es Eva.
»Ihr seid Feiglinge!«, warf sie den anderen vor. »Gerade wenn sich alle Lehrer gegen einen von uns einschießen, sollten alle zusammenstehen. Schon mal was von Klassengemeinschaft gehört?«

»Feige ist es, wenn man abschreibt und betrügt«, empörte sich Bernd. »Und besonders bescheuert ist es, wenn eine Klassensprecherin die Fleißigen beschimpft und faule Schmarotzer verteidigt.« Er musterte Eva mit einem verächtlichen Blick. Offenbar fühlte er sich sehr sicher, weil er die Mehrheit hinter sich wusste. »Der faule Sack tut mir nicht Leid, nicht ein bisschen.«
»Wenn dich irgendwann ein Lehrer ungerecht behandelt, wirst du mir auch nicht Leid tun«, fauchte Eva. »Dann werde ich dich bestimmt nicht verteidigen, du Ekel.«
»Wieso ungerecht? Der Copy-King hat es ja herausgefordert.«
»Du hast meiner Mutter verraten, dass ich ab und zu die Aufgaben abschreibe«, warf Florian ihm vor. Er bemühte sich, dass seine Stimme dabei so cool wie möglich klang.
»Ab und zu«, spottete Bernd. »Das ist der Witz des Jahres!«
»Du streitest es nicht ab?«, fragte Patrick ungläubig.
»Nein, wieso? Sie hat mich gefragt. Hätte ich lügen sollen?«
»Das fragst du noch?«, rief Eva empört. »Verrät einen Mitschüler an seine Alten. Das ist ja wirklich das Letzte. Verräterische Petze! Mit dir rede ich kein Wort mehr.«
»Copy-King, der Weiberheld«, höhnte Bernd. »Lässt sich von Mädchen verteidigen. Wusstet ihr übrigens, dass er eine Freundin hat?«
»Tatsächlich?«, fragte Patrick. »Interessant.«
»Ja, eine potthässliche Tussi.« Bernd grinste Florian hämisch an. »Er hat sie gestern im Stadtpark abgeknutscht. Igitt!«

»Neidisch?«, vermutete Eva. »Verstehe ich. Welches Mädchen würde sich schon mit einem widerwärtigen Ekel wie dir abgeben?«
Bernd ballte die Fäuste. »Dich keifende Streberin würde ohnehin niemand . . .« Weiter kam er nicht, denn Florian stopfte ihm den Tafelschwamm in den Mund.
»Das ist für deinen Verrat«, zischte er. »Und das für die Beleidigung meiner Freundin.«
Watsch, klatsch!, machte es, und der muffige, nasse Putzlumpen sauste Bernd um die Ohren, einmal links und einmal rechts.
Für einen Augenblick schwiegen alle verdutzt. Patrick war der Erste, der »Bravo!« und »Zugabe!« rief. Gelächter wurde laut.
Bernd ging wie ein gereizter Stier auf Florian los. Aber genau wie ein Stierkämpfer wich der aus, wieder und wieder.
»Ole!«, jubelte Patrick bei jedem Manöver. »Oo-lee!« Die ganze Klasse johlte mit.
Florian wusste, dass er ein gefährliches Spiel spielte. Die Umgebung nur ein wenig zu verlangsamen, das hatte er bisher kaum geübt. Seine Bewegungen durften nicht unnatürlich schnell wirken. Außerdem musste er höllisch aufpassen, dass sein Gegner nicht mit in das Zeitfeld geriet. Er musste Bernd immer ausreichend auf Distanz halten.
Quer über Stühle und Bänke begann eine wilde Verfolgungsjagd. Trotz des Zeitvorteils geriet Florian bald ins Schwitzen. Bernd war immerhin der beste Sportler der Klasse, und er war hartnäckig. Die Demütigung mit

dem Putzlumpen saß tief. Noch mehr ärgerte es ihn, dass er den sonst eher behäbigen Florian nicht hatte einholen können. Er versuchte, Florian zu boxen, traf aber wieder nur Luft.
Maxilein war es, der die Show schließlich beendete. Eine Weile war er in der Tür gestanden, hatte interessiert zugesehen und nicht schlecht über Florians Beweglichkeit gestaunt.
»Genug jetzt!«, bellte er. »Auseinander, sofort!«
Es war das erste Mal, dass er laut wurde. Umso besser wirkte es. Florian und Bernd gehorchten augenblicklich. Keuchend standen sie sich gegenüber.
Maxilein trat zwischen sie. Er fasste beide an den Haaren und schlug spielerisch ihre Köpfe gegeneinander. »Ehrlich, wenn du nur ein wenig abnehmen würdest, könntest du ein Supersportler werden«, meinte er zu Florian gewandt. »Worum geht es, ihr Raufbolde?«
»Er hat mir den Schwamm ins Gesicht gesteckt«, beschwerte sich Bernd. »Das muss ich mir nicht gefallen lassen.«
»Vergiss den stinkenden, vergammelten Putzlumpen nicht!«, rief Patrick heraus. »Das war Komik pur. Ha, ha, ha!« Ein strenger Blick des Lehrers ließ ihn verstummen.
»Warum?«, fragte Maxilein und sah Florian an.
Florian verzichtete auf eine Anklage. Er wollte nicht petzen wie diese Laus Bernd. Deshalb verschränkte er nur die Arme und erwiderte: »Das ist eine private Sache.«
»Soso.« Maxilein zog die Brauen hoch. »Ist diese private Sache jetzt ausgestanden, oder folgt da noch was nach?«

»Nein, sie ist nicht ausgestanden«, beteuerte Bernd grimmig.
»All right. Dann ist es wohl gesünder für euch beide, wenn ihr in nächster Zeit nicht direkt nebeneinander sitzt.«
Florian stimmte begeistert zu. »Endlich! Danke, danke! Ich setze mich freiwillig in die letzte Bank.«
»Nicht doch. Nichts übereilen, mein Freund.« Maxilein setzte sein strahlendstes Lächeln auf. »Es würde mir das Herz brechen, wenn ich dich nicht mehr in meiner Nähe wüsste. Möchte jemand freiwillig mit Bernd den Platz tauschen?« Patricks Hand fuhr sofort hoch.
Maxilein übersah ihn. »Nein? Niemand? Dann muss ich jemanden bestimmen.« Er fixierte Egon, der krampfhaft den Unbeteiligten spielte. »Wirklich toll von dir, dass du dich freiwillig meldest«, lobte Maxilein. »Bravo!«
»W-was, i-ich?«, stammelte Egon verdutzt. »Aber ich hab kein Wort . . .«
»Du darfst gleich auf deinen neuen Platz übersiedeln. Von hier aus siehst du auch viel besser.«
Egon fügte sich murrend. Florian begrüßte ihn mit einem Handschlag. Es hätte schlimmer kommen können, fand er . . . Und es kam schlimmer.

»Die letzte Schularbeit war eine einzige Katastrophe«, eröffnete Maxilein. Er knallte einen Stapel Hefte auf das Pult. »Abgesehen von diversen positiven Überraschungen«, er nickte Florian zu, »waren fast die Hälfte der Arbeiten negativ.« Florian lächelte überlegen.

Das änderte sich schlagartig, als Maxilein fortfuhr: »Ich habe mich daher entschlossen die Arbeit zu wiederholen. Aber zuerst wiederholen wir die Schwachpunkte. Lets talk about direct speech and reported speech, die direkte und die indirekte Rede. A simple example.« Er schrieb an die Tafel: *She says: "We are going to England for Christmas."*

»And now the same sentence in reported speech. Wer kann das in die indirekte Rede verwandeln? Florian, can you help us?«

»Hä?«

Es wurde die totale Niederlage. Nicht einmal in die Nullwelt konnte Florian flüchten, solange alle Blicke auf ihn gerichtet waren. Maxilein schimpfte wie ein Rohrspatz.

»Ich verstehe das nicht. Bei der schriftlichen Arbeit kannst du es perfekt, und nach zwei Tagen ist alles weg? Hier stimmt doch was nicht. Hast du wieder geschummelt?«

»Äh . . .«

»Nein, sag lieber nichts. Ich würde dir ohnehin nicht glauben. Bei der Wiederholungsarbeit werde ich dir jedenfalls genau auf die Finger sehen, verlass dich darauf.«

Maxilein wandte sich an die Klasse: »Die Arbeit wird nächsten Donnerstag wiederholt. Somit habt ihr eine Woche Zeit zur Vorbereitung. Ich hoffe, ihr nutzt die zweite Chance.«

Florian fühlte sich wie vor den Kopf geschlagen. Plötzlich war seine Versetzung wieder gefährdet? Konnte

das sein? Zählte das »Gut« auf die Schularbeit denn gar nichts? Gab es denn nicht Gesetze, die vorschrieben, dass alle Arbeiten berücksichtigt werden mussten?
Er wagte nicht, Maxilein zu fragen. Nicht jetzt, wo der Lehrer auf Tempo zweihundert war. Vielleicht wusste auch die Klassensprecherin Bescheid? Nach der Stunde fragte er sie.

»Keine Ahnung«, gab Eva zu. »Da muss ich im Schulgesetz nachsehen. Bestimmt steht auch was im Internet. Ich kümmere mich darum.«
»Danke«, murmelte Florian. »Du bist echt okay, weißt du das?«
»Natürlich weiß ich das«, erwiderte Eva selbstbewusst. »Was anderes, King. Bei der Englischarbeit, hast du da wirklich geschummelt?«
Florian entschloss sich zur Ehrlichkeit. Eva hatte es nicht verdient, dass er sie anlog.
»Ja«, gab er zu. »Ich verrate aber nicht, wie ich es gemacht habe.«
»Und du könntest den Trick wieder anwenden?«
»Vielleicht. Schwierig wird es nur, wenn mich Maxi andauernd beobachtet. Es sei denn . . .« Florian zwinkerte ihr zu. »Es sei denn, es würde ihn ab und zu jemand ablenken.«
Eva zwinkerte zurück. »Verstehe.« Die Klassensprecherin sah sich nach eventuellen Lauschern um und flüsterte im Verschwörerton: »Ich habe eine noch bessere Idee. Bist du interessiert?«
»Klar doch. Immer raus damit.«

»Ich sag's dir ins Ohr.« Bereitwillig hielt ihr Florian sein Ohr hin.
Eva holte tief Luft und brüllte in voller Lautstärke: »Wie wäre es zur Abwechslung mal mit lernen, du Faultier?«
Schmerz lass nach! Das hatte gesessen. Eva verließ lachend das Klassenzimmer. Die anderen waren schon vorher abgerauscht, sogar Patrick. Dabei hätte Florian den Freund jetzt dringend zur Aufmunterung gebraucht. Vielleicht wartete er vor der Schule auf ihn.

Nicht Patrick, sondern Bernd wartete. Er überraschte Florian aus dem Hinterhalt. Ehe dieser einen Zeittrick anwenden konnte, fand er sich an die Wand gepresst wieder.
»Kannst es dir aussuchen«, sagte Bernd. »Entweder gleich jetzt auf Knien um Verzeihung flehen, oder erst nach einer Portion Dresche.«
»Verzieh dich«, entgegnete Florian müde. »Ich habe jetzt andere Sorgen. Komm ein andermal wieder, wenn ich Zeit für dich habe.«
»Auch noch frech werden, wie?« Bernd trat ihm mit dem Schuhabsatz auf die Zehen.
Mit Mühe unterdrückte Florian einen Schmerzlaut. Gleichzeitig brodelte kalter Hass in ihm. Reichte es nicht, dass diese Laus ihn verpfiffen hatte? Reichte es nicht, dass er Laura vor den anderen schlecht gemacht hatte, obwohl sie ihm nicht das Geringste getan hatte? Er beschloss, das Problem Bernd jetzt zu lösen und zwar ein für alle Mal.

»Okay, bringen wir's hinter uns«, bot er an. »Lass mich nur noch die Jacke ausziehen.«
Bernd dachte nicht daran. Er griff sofort und ohne Vorwarnung an. Florian konnte die Fäuste nicht rechtzeitig zur Abwehr heben. Schon der erste Schlag traf ihn so heftig, dass er taumelte. Der kompromisslose Gegner setzte sofort nach.
In seiner Not versuchte Florian einen Zeitwechsel. Vergeblich. Der Gegner befand sich innerhalb des Feldes und klebte wie ein Kaugummi an ihm. Es war unmöglich, ihn auf Distanz zu halten. Es hagelte Hiebe. Es tat weh! Nie zuvor war Florian so verprügelt worden. Bernds Gesicht war eine verzerrte Fratze, die ihn erschreckte. Florian versuchte, dem Irren gegen das Schienbein zu treten. Er war zu langsam. Bernd trat zurück und traf voll aufs Knie. Diesmal konnte Florian einen Schmerzschrei nicht unterdrücken. Er stürzte. Dadurch bekam er eine unerwartete Chance. Für einen Augenblick zögerte Bernd. Florian rollte sich zur Seite, weg von dem Gegner und flüchtete in die Nullwelt.
Keuchend blieb er liegen, bis der Schmerz im Knie nachließ und sich sein Puls beruhigte. Er betrachtete den erstarrten Bernd. Die Laus lächelte bereits triumphierend über seinen Sieg.
Zu früh gefreut, dachte Florian grimmig. Na warte. Jetzt bist du fällig. Dich mach ich fertig!
Er kauerte sich in Sprungposition und ließ den Zeitstrom wieder fließen, jedoch nicht in Normalgeschwindigkeit. Immer noch bewegte er sich um einiges schneller als sein Gegner.

Bernd blinzelte ungläubig. Gerade noch war Florian auf dem Bauch gelegen, und plötzlich stürmte er, den Kopf gesenkt, wie eine Rakete auf ihn zu. Die Verblüffung lähmte Bernd. Ehe er auch nur an Abwehr denken konnte, traf ihn der harte Schädel. Die Wucht des Aufpralls warf ihn glatt um. Benommen saß er da und wusste nicht, wie ihm geschah. Ohrfeigenserien trafen ihn wie Blitze, rechts, links, rechts, links, so schnell und heftig, dass seine Nase zu bluten begann. Nur allmählich überwand er den Schock, versuchte, sich wieder hochzurappeln. Zu spät. Längst befand sich Florian außer Reichweite. In der schützenden Zeitblase bereitete er bereits den nächsten Angriff vor.
Florian sah, wie sich Bernd im Zeitlupentempo mit einem Hechtsprung auf ihn stürzte. Grotesk langsam hob der Gegner vom Boden ab und schwebte auf ihn zu. Gleich musste er die Fünfundsiebzig-Zentimeter-Grenze erreichen.
Bevor das geschah, spazierte Florian gemütlich zwei Schritte zur Seite. Das reichte.
Noch im Sprung riss Bernd schockiert die Augen auf. Eben stand der Dicke noch vor ihm und jetzt plötzlich ganz woanders. In Sekundenbruchteilen war er zur Seite gehuscht, so schnell, dass man seine Bewegungen kaum mitbekam. Bernd verfehlte sein Ziel und landete auf allen vieren, wobei er sich Hände und Knie blutig schlug. Damit nicht genug, erhielt er zusätzlich einen kräftigen Tritt in den Hintern. Warum war der Gegner plötzlich hinter ihm? Rachebebend wirbelte er herum. Doch schon wieder stand Florian woanders. Unfassbar!

So schnell!, dachte Bernd verwirrt. Das fette Walross ist so schnell wie der Blitz. Das gibt's doch gar nicht. Ich glaub, ich spinne.
»Was denn, schon müde?«, fragte Florian provokant. »Lahme Schnecke, du. Da hat ja sogar Egon mehr Ausdauer.«
Bernd verstand die Welt nicht mehr. Copy-King, der Antisportler, wirkte total entspannt und atmete so ruhig, als wäre er gerade vom Bett aufgestanden, während er selbst, die Sportskanone, von der Anstrengung des Kampfes schwitzte. Das durfte alles nicht wahr sein!
Brüllend griff Bernd an. Er tappte genau in die heimtückische Falle. Florian schleuderte ihm eine Hand voll Sand ins Gesicht.
Woher hat er den?, fragte sich Bernd mit wachsender Verzweiflung. Hier gibt's nirgendwo Sand, nur Asphalt. Das ist unmöglich!
Er konnte jetzt nicht darüber nachdenken, denn der Sand brannte in seinen Augen und machte ihn fast blind. Wieder hagelte es Ohrfeigen, Tritte und Kopfnüsse. Der Gegner schien überall gleichzeitig zu sein. Dann ein mörderischer Schlag gegen die Kniekehlen. Bernd stürzte erneut, und diesmal blieb er liegen.
Florian kniete auf dem Rücken des Gegners. Er packte Bernds Arm und bog ihn nach hinten. Aus diesem Griff gab es kein Entkommen.
»Lass mich los, ich gebe auf«, keuchte Bernd.
»Sag, ich bin eine verräterische Laus«, forderte Florian.
»Du kannst mich mal!«

Florian verstärkte den schmerzhaften Griff.
»Ja, ja, is ja gut, ich bin eine verräterische Laus! Und jetzt hör auf. Du brichst mir den Arm.«
»Du wirst mich nie mehr verraten, mich nie mehr angreifen und lässt auch deine Stänkereien gegen meine Freundin sein?«
»Ja. Au-uh.«
»Schwöre es.«
»Ich schwöre es, mein Ehrenwort, alles, was du willst.«
»Brav.« Florian ließ den Arm los und tätschelte ihm die Wange. Dann huschte er schnell außer Reichweite, vorsichtshalber.
Das war unnötig. Bernd war restlos besiegt. Ächzend stand er auf, nahm seine Schultasche und humpelte davon, den Kopf gesenkt, Hände und Gesicht blutverschmiert.
Mit gemischten Gefühlen sah Florian ihm nach. Geschah ihm recht, dem Verräter. Trotzdem fühlte er sich mies. Es war kein fairer Kampf gewesen. Er hatte sein Talent missbraucht, um einen Menschen zu verletzen. Diese Erkenntnis schmerzte ihn mehr als die blauen Flecken, die er davongetragen hatte. Vorsichtig befühlte er das lädierte Knie. Das sah übel aus.

»Kannst du gehen, oder soll ich dich ins Krankenhaus fahren?«
Florian erschrak.
Wie lange saß Maxilein schon auf der Stiege zum Schultor? Hatte er den Kampf beobachtet?
»Ich wurde angegriffen«, verteidigte sich Florian, obwohl

der Lehrer ihm nichts vorgeworfen hatte. »Was hätte ich tun sollen? Mich einfach verdreschen lassen?«
Der Lehrer runzelte die Stirn, antwortete aber nicht. Er hielt das Kinn nachdenklich in eine Hand gestützt und musterte ihn schweigend. Dem Jungen wurde dabei ganz mulmig zu Mute.
Hatte Maxilein etwa die Zeittricks mitgekriegt, mit denen Florian seinem Gegner ausgewichen war?
Möglich wär's schon, dachte Florian. Für einen Menschen in der Normalzeit müssen Nullzeit-Ortswechsel unnatürlich blitzartig und abgehackt wirken, wie Zauberei. Wahrscheinlich überlegt Maxilein gerade, ob er Gespenster gesehen hat oder nicht. Verflixt!
Florian nahm seine Tasche und trollte sich. Er war sich sicher, dass ihm der Lehrer weiter nachdenklich hinterherstarrte.

Das war heute wirklich nicht sein Tag. Seine Mutter stand am offenen Fenster und erspähte ihn schon von weitem. Er konnte sich unmöglich an ihr vorbeischleichen. Auch der Vater war bereits zu Hause. Beide Eltern musterte ihren Sohn mit finsteren Blicken.
»Und?«, fragte der Vater schließlich. »Hat es sich gelohnt?«
»Ja«, antwortete Florian grimmig. »Diese Laus Bernd wird mich garantiert nie mehr angreifen.«
»Ach, Junge«, flüsterte die Mutter. Sie betrachtete kopfschüttelnd das blaue Auge ihres Sohnes. »Setz dich. Ich muss mir das ansehen. Wie geht es Bernd?«
»Schlechter als mir, darauf kannst du wetten.«

In selben Moment klingelte es an der Tür. Der Vater öffnete, während die Ärztin das dick geschwollene Knie versorgte. Sie tastete die lädierte Stelle ab, bewegte das Bein ein paar Mal probeweise und legte dann einen Stützverband an. Von der Tür hörte man eine hysterisch klingende Frauenstimme und ab und zu die brummigen Antworten des Vaters.
Zwei Besucher betraten die Küche, Bernd und eine Frau mit rot gefärbten Haaren, die wohl seine Mutter war.
Florian verkniff sich ein spöttisches Lachen, als er Bernd sah. Mann, der bekam kaum noch die Augen auf! Dagegen war sein eigenes Veilchen nicht der Rede wert.
»Wie Sie sehen«, wandte sich der Vater an die rothaarige Frau, »hat mein Sohn ebenfalls seine Andenken kassiert. Die Jungs sind sich beide nichts schuldig geblieben. Eine Anzeige bringt daher niemandem etwas.«
»Das werden wir schon sehen!«, wetterte die Rothaarige. »Wenn sein Trommelfell geplatzt ist, hat das jedenfalls ein gerichtliches Nachspiel.« Sie deutete anklagend auf Bernds geschwollenes Ohr. »Er klagt über Hörprobleme.«
»Ich bin Ärztin. Wenn Sie erlauben, sehe ich gleich nach«, bot Florians Mutter an. »Setz dich auf den Stuhl, Bernd. Und du, ab in dein Zimmer.« Sie gab Florian einen leichten Klaps. Er gehorchte ohne Widerspruch.
»Ich werde mich bei der Schulleitung beschweren«, hörte er die Rothaarige durch die offene Tür zetern. »Wo kommen wir denn hin, wenn die Schule nicht

einmal für die Sicherheit der Kinder garantieren kann? Bernd, zieh dich aus, damit dich die Frau Doktor untersuchen kann.«

»Ich brauche nur das Ohr«, sagte Florians Mutter.

»Nein, nein! Sehen Sie sich ruhig an, wie dieser Schläger ihn zugerichtet hat, an der Brust, an den Beinen, überall.«

»Unser Sohn ist kein Schläger.« Vaters Stimme klang nun gereizt. »Er wird seine Gründe gehabt haben. Zum Raufen gehören immer zwei.«

»Er hat mich angegriffen«, log Bernd. »Es war Notwehr.«

Florian traute seinen Ohren kaum. »So viel zum Ehrenwort einer Laus«, zischte er. »Das bezahlst du!« Im Schutz der Nullwelt ging er zurück in die Küche und peilte die Lage.

Bernd saß in Unterhosen auf dem Stuhl und ließ sein Ohr untersuchen. Vaters Gesicht drückte echten Ärger aus, was selten war. Die Rothaarige stand mit erhobenem Zeigefinger da, den Mund weit geöffnet.

»Der müsste man auch einen Schwamm reinstopfen«, knurrte Florian. »So was Hysterisches! Aber zuerst soll die Laus büßen. Na warte, du.«

Lauernd umkreiste er seinen Feind, suchte eine verwundbare Stelle. Die Gelegenheit schien günstig. Vater und die Rothaarige stritten miteinander. Sie sahen nicht her. Mutter konzentrierte sich auf das Ohr, und Bernd selbst konnte nicht viel sehen, weil seine Guckerchen bis auf schmale Schlitze zugeschwollen waren, hä, hä, hä. Jetzt musste Florian nur noch eine unge-

schützte Körperstelle finden, an der es besonders weh tat.
Da bemerkte er, dass Bernds Unterhose nicht mehr ganz frisch war. Das brachte ihn auf eine superextrafiese Idee.
Er lief ins Labor seiner Mutter und schnappte sich einen Urinbecher, den er anschließend voll pinkelte. Dabei musste er so lachen, dass er den Becher beinahe über seiner eigenen Hose ausgeleert hätte.
Er kroch unter den Tisch neben dem Sessel, näherte sich Bernd behutsam, holte tief Luft und . . . schwupp! Sich vorbeugen, Arm vorstrecken, den Becher über Bernds Unterhose ausschütten und sich blitzschnell zurückziehen, das alles dauerte kaum länger als eine Sekunde.
Aufmerksam prüfte er die Blickrichtung aller erstarrten Personen im Raum. Nach wie vor sah niemand nach unten, also konnte ihn auch niemand beobachtet haben. Der Streich war voll und ganz gelungen. Florian verzog das Gesicht beim Anblick von Bernds nasser Unterhose, gleichzeitig angeekelt und schadenfroh grinsend. Das Uringlas entsorgte er vorsichtshalber gleich in den Müllcontainer, zwei Straßenblocks weiter. Damit waren alle verräterischen Spuren beseitigt. Nun musste er bloß noch zurück auf seinen Lauschposten und genießen. Er kehrte zurück in die Normalzeit.
»Aah!«, hörte er Bernd erschrocken rufen. Ein Sessel fiel krachend um. Dann: »Uäh, iih!«
»Bernd!« Das war die Rothaarige. »Junge, was fällt dir ein?«

Florian presste die Hand vor den Mund und hielt sich die Nase zu, um nicht laut herauszuplatzen. Gut, dass er vorher gepinkelt hatte, sonst wäre es womöglich bei ihm selbst in die Hose gegangen vor Lachen.

»Hast du dieses Problem öfter?«, hörte er seine Mutter in der Küche fragen. »Dafür musst du dich nicht schämen. Viele Menschen haben Blasenschwäche, manchmal auch in deinem Alter.«

»Aber das war ich nicht!«

»Nein?« Der Tonfall der Ärztin wurde unverkennbar spöttisch. »Von der Decke getropft ist es aber auch nicht.«

»Wahrscheinlich ist am Tisch ein Glas umgefallen.«

»Und dir genau auf die Hose? Hier ist aber kein Glas, und außerdem ... Wonach riecht das wohl? Glaub mir, ich habe lange genug studiert, um Pisse zu erkennen, wenn ich welche sehe. Dein Trommelfell ist jedenfalls okay, junger Mann. Heinz, zeigst du dem Jungen das Badezimmer, damit er sich waschen kann?«

»Natürlich«, brummte Florians Vater. »Komm mit, Bernd.«

»Haben Sie ein Wischtuch?«, fragte die Rothaarige verlegen. »Ich mache das selbstverständlich sauber. Es ist mir wirklich furchtbar peinlich.«

»Das muss es nicht«, versicherte Florians Mutter. »Eine vorübergehende Blasenschwäche vielleicht. Ich bin keine Fachärztin. Suchen Sie in jedem Fall einen Urologen auf.«

»Meine Güte. Meinen Sie, das kann öfter passieren?«

»Ja, möglicherweise. Warten Sie. Zur Sicherheit gebe

ich Ihnen was mit.« Florian hörte, wie die Mutter kurz in ihr Labor ging. »Hier, das müsste für zwei Tage reichen. Wenn er sich weigert, zwingen Sie ihn nicht. Machen Sie ihm nur klar, dass Kranksein keine Schande ist. Mehr Menschen als man glaubt tragen diese Dinger und niemandem fällt es auf.«

»Vielen herzlichen Dank, Frau Doktor. Was bin ich schuldig?«

»Nicht doch, ich bitte Sie.«

Florian konnte nicht widerstehen. Er musste wissen, welche »Dinger« seine Mutter der Frau zugesteckt hatte. In der Nullwelt besah er sich die Sache. Es war eine Packung Windeln.

Von dem Lachanfall, der nun folgte, erholte er sich lange nicht. Nun hatte er wirklich die Garantie, dass ihn Bernd künftig in Ruhe lassen würde. Allein schon eine leise Andeutung vor den Klassenkameraden würde ihm künftig das Maul stopfen.

Das Lachen verging ihm gründlich, nachdem Bernd und seine Mutter gegangen waren.

Es hagelte Vorwürfe.

»Faul sein und lügen ist schon schlimm genug«, wetterte die Mutter, »aber sich auch noch prügeln, das schlägt dem Fass den Boden aus!«

»Bevor du ihn zur Schnecke machst, solltest du ihn wenigstens anhören«, mischte sich der Vater ein. »Worum ging's bei der Schlägerei?«

»Um Verrat«, antwortete Florian. »Sie weiß, was ich meine.« Dabei zeigte er wütend auf seine Mutter. Beide

Eltern sahen ihn fragend an. Dann dämmerte es der Mutter. Ihre Miene wurde noch düsterer.
»Willst du damit sagen, nur weil Bernd mir ehrlich auf eine Frage geantwortet hat, hast du ihn beinahe krankenhausreif geprügelt?« Ihre Stimme wurde schrill. »Ja, spinnst du jetzt völlig? Kennst du überhaupt keine Regeln mehr?«
»Ich verstehe nicht«, brummte der Vater. »Wieso Verrat?«
»Unser Herr Sohn nimmt es in letzter Zeit mit der Wahrheit nicht so genau. Darum habe ich mich bei den Lehrern und bei seinen Klassenkameraden erkundigt, was wirklich läuft. Er schreibt alle Hausaufgaben ab, ist so faul, dass es weh tut, und schreibt eine miese Arbeit nach der anderen.«
»Bernd hat dir das erzählt? Dann kann ich Florians Wut verstehen. Klassenkameraden verpetzen ist ja wohl das Allerletzte.«
Liebevoll sah Florian seinen Vater an. Auf ihn war immer Verlass!
»Bitte, Heinz, tu das nicht.« Die Mutter seufzte resignierend. »Unterstütze ihn nicht auch noch!«
»Man verpetzt keinen Kameraden«, wiederholte der Vater. »Das ist schäbig.«
Er wandte sich an Florian: »Für die Schlägerei habe ich Verständnis, für alles andere nicht. Abschreiben ist Betrug. Das muss aufhören. Deine Faulheit ist außerdem nicht akzeptabel. Ich muss auch meinen Job machen, und dasselbe erwarte ich von dir. Am besten machst du dich sofort an die Arbeit. Komm nicht runter, bist du

wenigstens mit den Hausaufgaben fertig bis. Außerdem gibt es bis auf weiteres kein Fernsehen und keinen PC. Ich erwarte, dass du den Computer nach den Hausaufgaben in mein Büro bringst, wo er vorläufig bleibt. Noch Fragen?«

Florian war sprachlos. Das war nun wirklich zu viel für einen Tag. Das brachte das Fass zum Überlaufen. Alles auf einmal schwappte über ihm zusammen, und alle waren gegen ihn.

Kein Fernsehen? Keinen PC? Ha! Da konnte er nur lachen.

In seinem Zimmer wechselte er sofort in die Nullwelt. Er zeigte den erstarrten Eltern die lange Nase und verließ das Haus. Ein Besuch im Computergeschäft war wieder fällig.

Er fand ein voll aufgeladenes Notebook mit DVD-Laufwerk. Das nahm er mit zur nächsten Videothek. Dort zog er sich stundenlang DVD-Filme rein, bis der Akku leer war. Hundemüde plumpste er ins Bett. Seine Gedanken purzelten wild durcheinander. Er fühlte sich verraten, abgelehnt, ausgestoßen. Alles tat ihm weh. Er hatte keine Ahnung, wie es nun weitergehen sollte.

Irgendwann wachte er auf. Die Armbanduhr zeigte halb neun. Ob es abends oder morgens war, konnte er im zeitlosen Zustand unmöglich feststellen. Immer noch wusste er nicht, wie es weitergehen sollte. Er verschob das lästige Denken fürs Erste und holte sich im Supermarkt etwas zu essen. Dann erst begann er mit den Hausaufgaben. Was blieb ihm übrig?

Mann! Die Mathebeispiele gingen ja noch an, aber das verflixte Englisch zog ihm den letzten Nerv. Zwanzig Sätze direkte Rede in indirekte verwandeln und zwanzig Sätze umgekehrt.
Florian bemühte sich ehrlich. Er brauchte volle zwei Stunden. Danach war er fix und fertig. Stolz präsentierte er das Meisterwerk seiner Mutter. Die ließ kein gutes Haar daran.
»*He have say, he have went to school?*«, las sie in vorwurfsvollem Ton. »Da rollen sich einem ja die Zehennägel ein!« Gnadenlos zerpflückte sie Florians Arbeit. An jedem Satz musste der Junge mit dem Tintenkiller arbeiten, durchstreichen, drüberschreiben. Es sah wüst aus. »Nein, nein, nein!«, rief die Mutter. »So kannst du das unmöglich abgeben.« Ratsch!, riss sie die Seiten aus dem Heft.
Florian konnte es nicht fassen. »He, da war ein Teil der Aufgabe von vorgestern dabei.«
»Umso besser. Es war ohnehin hingeschmiert.« Sie bestand darauf, dass er am Küchentisch arbeitete. Während er den ganzen Käse neu schrieb, diskutierten die Eltern lautstark.
»Sein Rückstand in Englisch ist erschreckend«, klagte die Mutter. »Ich habe keine Zeit, jeden Tag mit ihm zu üben, und du auch nicht. Er braucht Nachhilfe.«
»Ich komme allein klar!«, protestierte Florian. Er wurde ignoriert.
»Wo treiben wir jetzt auf die Schnelle einen Nachhilfelehrer auf?«, fragte der Vater. »So knapp vor dem Jahreszeugnis ist das schwierig. Vielleicht opfert sich einer seiner Klassenkameraden.«

»Möglich. Wir müssten natürlich ein paar Euro pro Stunde zahlen.«
»Wie wäre es mit Patrick? Soviel ich weiß, ist er Klassenbester in Englisch.«
Florian nickte begeistert. »Wollte ich auch gerade vorschlagen.«
»Nichts da!«, wehrte die Mutter ab. »Wenn die beiden zusammen sind, treiben sie nur Unsinn. Gelernt wird da garantiert nicht. Ich kenne meine Pappenheimer. Nein, wie wäre es mit Bernd? Der soll auch nicht schlecht sein.«
»Hä?«, machte Florian. Das konnte sie unmöglich ernst meinen! Zum Glück war der Vater, wenigstens was Bernd betraf, auf seiner Seite.
»Hältst du das wirklich für eine gute Idee?«, fragte er kopfschüttelnd.
»Warum nicht? Dann wird wenigstens nicht geblödelt. Außerdem müssen die Streithähne lernen, wie man normal miteinander umgeht, auch mit Leuten, die man nicht ausstehen kann.«
»Hm, das hat was für sich«, brummte der Vater. »Im Beruf muss man auch manchmal mit solchen Leuten zusammenarbeiten. Gut, überredet. Einen Versuch ist es wert.«
Die Mutter nickte erfreut. »Ich rufe Bernds Mutter an.«

Das war endgültig zu viel! Florian flüchtete in die Nullwelt und brüllte seinen Frust heraus.
»Das können die nicht machen! Das lasse ich mir nicht gefallen! Nicht mit mir. Aus! Ihr könnt mich alle!« Er

stürmte aus dem Haus und knallte die Tür hinter sich zu.
Eine Stunde ging er ziellos spazieren. Dabei schmiedete er Zukunftspläne. Es war ein schwerer Fehler gewesen, die eine Woche Zusatzferien zu unterbrechen, fand er. Das wollte er jetzt nachholen, mit dem Unterschied, dass es diesmal zwei Wochen sein sollten oder drei. Ja, warum nicht sogar ein Monat oder mehr? Was hinderte ihn? Warum sollte er nicht was unternehmen, eine Reise machen, Abenteuer erleben und sich endlich um die großen Dinge kümmern? Ja, das war es. Ab sofort sollte für ihn ein neues Leben beginnen!

Florian war klug genug, nicht augenblicklich loszustarten. Er beendete vorher die vermaledeite Englischhausaufgabe. Kurz vor sieben war es endlich geschafft. Den Rest des Abends wollte er in keinem Fall zu Hause in dieser gereizten Stimmung verbringen. Das angebotene Abendessen lehnte er ab.
Die Mutter zuckte mit den Schultern. »Spätestens halb neun bist du zurück!«, rief sie ihm vom Fenster aus nach.
Denkste!, dachte Florian grimmig. Du wirst mir jetzt für lange Zeit keine Vorschriften machen. Gleich morgen früh geht's los. Ihr werdet gar nicht merken, dass ich weg bin.
Bei der ersten Gelegenheit hüllte er sich in das Zeitfeld, denn er wollte keine weitere Minute des Abends verschwenden. Sein erstes Ziel war ein Blumenladen. Dort suchte er sorgfältig die schönsten und teuersten roten

Rosen aus. Einen Riesenstrauß hielt er bereits in den Händen. Dann überlegte er es sich anders. Er stellte alle Rosen zurück und wählte stattdessen blaue Iris, denn die erinnerten ihn an ein Paar besonders schöne Augen.

Aufgeregt setzte er seinen Weg fort. In der Deckung einer Gartenhecke, kurz vor seinem Ziel, kehrte er zurück in die Normalzeit. Sein Herz klopfte bis zum Hals, als er vor der Tür stand. Beinahe wäre er umgekehrt. Dann drückte er doch auf den Klingelknopf.

Die schönste Frau, die er je gesehen hatte, öffnete die Tür. Sie war sehr groß und schlank, hatte goldblonde Haare und blaue Augen. »Ja? Kann ich dir helfen?«

Darauf war Florian nicht gefasst gewesen. »Hallo, ich, äh . . .«, stieß er hervor. Weil er nicht weiterwusste, hielt er ihr den Blumenstrauß vor die Nase.

Die Frau nahm die Blumen und lächelte. »Für mich? Oh, die sind aber schön.«

»Äh . . .«, machte Florian wieder und war sich bewusst, dass er sich wie ein Idiot benahm. Er spürte seine Wangen heiß werden. Sicher war sein Kopf jetzt tomatenrot.

»Wer ist da?«, brummte eine tiefe Stimme, die Florian kannte. Das war dieser Riesenkerl von Polizist.

»Das wollte ich auch gerade fragen«, antwortete die Frau.

Bevor Florian das nächste peinliche »Äh« hervorbringen konnte, wurde er von Laura gerettet.

Sie drängte sich an ihrer Mutter vorbei. »Das ist Florian«, sagte sie. »Paps hat dir sicher schon alles über ihn erzählt.«

»Wie denn?«, meldete sich die Brummstimme wieder. »Ich weiß nur, dass du ihn im Park kennen gelernt hast, dass er dein Freund ist und dass er nicht auf deine Schule geht.«

»Verstehe«, sagte Lauras Mutter. »Dann sind die hier wohl für dich.« Sie übergab ihrer Tochter die Blumen.

Laura nickte erfreut. Dann berührte sie vorsichtig Florians blaues Auge.

»Ih, das sieht ja schlimm aus.«

»Kleiner Betriebsunfall«, sagte Florian. Er zupfte eine einzelne Iris aus dem Strauß und gab sie Lauras Mutter. »Das nächste Mal nehme ich zwei Sträuße mit«, versprach er.

»Hast du das gehört?«, fragte die Blonde zu ihrem Mann gewandt. »Wann habe ich von dir letztens Blumen bekommen? Nimm dir ein Beispiel.« Sie lachte vergnügt. »Komm rein, junger Mann. Laura, holst du eine Vase? Ich glaube, im Schuppen steht eine passende.«

Laura lief in den Garten und ließ Florian allein mit ihren Eltern in der Küche. Die musterten ihn mit offener Neugierde. Vor Verlegenheit wäre er am liebsten in ein Loch gekrochen.

»Setz dich«, brummte der Riese. Mit gemischten Gefühlen folgte Florian der Aufforderung. Auf dem Küchentisch lag eine zerlegte Pistole. Offenbar war der Typ gerade dabei gewesen, sie zu putzen. Der Junge schluckte.

»Wohnst du in der Gegend?«, fragte Lauras Vater.

Florian nannte sofort seinen Nachnamen und seine

vollständige Adresse, weil er ahnte, dass sich der Typ nicht mit weniger zufrieden geben würde.

»Wie alt bist du?«

»Dreizehn.«

»Hm«, brummte der Mann. Er begann die Waffenteile zusammenzubauen. »Laura ist erst zwölf, obwohl sie älter aussieht und sich auch so benimmt.« Er deutete auf Florians Auge. »Schlägerei?«

»Äh, ja.«

»Ich sag es dir besser gleich. Von Kerlen, die gewalttätig werden, halte ich nichts. Wenn du mein Mädchen in gewaltbereite Gruppen mit reinziehst, werden wir keine guten Freunde. Kapiert?«

»Natürlich«, beteuerte Florian. »Normalerweise prügle ich mich nicht. Es war Notwehr. Da ist so ein Typ in meiner Klasse, der . . .«

»Wie habt ihr euch kennen gelernt?«, kam schon die nächste Frage.

»He, musst du immer gleich alle Leute verhören?« Endlich war Laura mit der Vase aufgetaucht. »Florian ist einer von den Guten. Wenn du es genau wissen willst, er hat mir das Leben gerettet.«

»Was sagst du da?« Dem Riesen fielen die Pistolenteile aus den Fingern. Auch Lauras Mutter, die an der Spüle die Blumenstiele zugeschnitten hatte, drehte sich um.

»Ich wollte über die Straße und habe nicht aufgepasst«, erzählte Laura. »Florian hat mich im letzten Augenblick gepackt und vor einem Auto gerettet. Ohne ihn säße ich jetzt nicht mehr hier.« Mehr sagte sie nicht,

kein Wort über die Nullwelt und über Florians Talent. Der Junge atmete auf.
Lauras Vater stieß heftig die Luft aus. Ihre Mutter war blass geworden.
»Kind, Kind«, flüsterte sie. »Du musst schon ein wenig mehr auf dich Acht geben.«
»Sag ich nicht immer, deine Schusseligkeit wird dich eines Tages um Kopf und Kragen bringen?«, schimpfte der Vater. »Wir stehen tief in deiner Schuld, Junge.«
Fingerquetsch lass nach! Mann, der freundschaftliche Händedruck von dem Typ war mörderisch. Noch Minuten später taten Florian die Finger weh. Und immer noch stellte der neugierige Bulle jede Menge Fragen, über seine Eltern, seine Hobbys, seine Zukunftspläne . . .
Florian war heilfroh, als Laura ihn rettete. Sie führte ihn in die Garage und präsentierte ihm ihre geliebte Motorradsammlung. Die heißen Öfen gehörten natürlich nicht Laura, sondern ihrem Vater, aber das machte nichts. Sie kannte sich jedenfalls bestens aus und konnte jedes technische Detail erklären.
»Kommst du am Sonntag mit zum Crossrennen?«, fragte sie. »Paps hat gesagt, er nimmt dich mit, wenn du willst.«
»Schön wär's. Ich weiß nur nicht, ob ich darf. Momentan gibt's ein paar Probleme zu Hause.«
»Wegen der Schlägerei?«
»Das auch. Hauptsächlich wegen der Schule. Die Schule nervt. Die Lehrer nerven. Die Eltern nerven. Der ganze Tag war . . . einfach zum Kotzen.«

»Jetzt ist der schlimme Tag vorbei«, tröstete Laura, »Und ich nerve dich hoffentlich nicht.«
»Du doch nicht«, beteuerte Florian. »Du bist einfach spitze. Am liebsten würde ich immer mit dir zusammen sein.«
»Frag deine Eltern. Vielleicht kommen sie am Sonntag auch mit. So ein Rennen ist aufregend.« Sie sah auf die Uhr. »Du musst jetzt los. Es ist beinahe halb neun.«
»Komm mit mir in die Nullwelt«, schlug Florian vor. »Dann haben wir Zeit, so viel wir wollen.«
Laura schüttelte den Kopf. »Ich fühle mich dort nicht wohl. Es ist eine kalte Welt.«
»Wieso? Es ist dort genauso kalt oder warm wie hier.«
»Eine kalte, leblose Gespensterwelt«, widersprach Laura. »Was soll ich dort?«

Florian verabschiedete sich eine Minute vor halb neun. In der Nullwelt machte er sich auf den Weg zurück. Vorher klaute er noch zwei große Flaschen Schnaps im Supermarkt. Die schob er dem alten Fred zu, der im Stadtpark auf einer Bank döste.
»Mach's gut, Alter«, sagte er. »Wenn ich zurückkomme, mache ich dich reich. Ich verspreche es.«

VIII. Zeitstreicher

Lange bevor der Wecker klingelte, wachte Florian auf. Er war einfach zu aufgeregt, um länger zu schlafen. Heute sollte seine Reise ins Blaue beginnen, sein großes Abenteuer.

Am liebsten wäre er auf der Stelle aufgebrochen. Er musste aber warten, bis die Sonne aufging. Schließlich wollte er nicht vier Wochen im Dunkeln herumstolpern.

Um halb sieben war es endlich so weit. Florian holte das kleine Fahrrad aus der Garage und schnallte sich den Rucksack über. Viel hatte er nicht eingepackt, Zahnbürste, Handtuch, eine Taschenlampe, den Walkman, CDs und Batterien, Straßenkarte, Streichhölzer, eine Wasserflasche und den Schlafsack. Lebensmittel würde er unterwegs genug finden.

Er sah auf die Armbanduhr. Es war Freitag, der vierte Juni. Einen besseren Zeitpunkt hätte er sich wettermäßig nicht aussuchen können. Der Himmel war wolkenlos. Das Rot der Nullwelt wirkte weniger düster als sonst. Ab sofort begannen die Ferien. Florian schwang

sich aufs Rad, fuhr hinaus auf die Straße, auf der die erstarrten Autos im Frühverkehr standen und drehte sich nicht um. Ein wenig mulmig war ihm schon zu Mute bei dem Gedanken an die bevorstehende Reise, so ganz allein. Gleichzeitig fühlte er sich auch stolz und frei.
Florian radelte raus aus der Stadt. Überall roch es wunderbar nach Heu. Wie immer begegnete er gelegentlich einem oder mehreren Nebelwesen. Entweder war die Nullwelt von unzähligen dieser seltsamen Gespenster bevölkert, oder sie verfolgten ihn. Egal, er fürchtete sie nicht.

Nur einmal erschrak er heftig. Bewegte sich da außer den Nebelwesen noch was anderes auf der Straße? Es war nur ein flüchtiger Eindruck, wahrscheinlich eine Sinnestäuschung.
Natürlich, was sonst? Er musste sich getäuscht haben! Es war völlig unmöglich, dass ihm hier in der Nullwelt ein Motorrad folgte. Florian lachte über den dummen Gedanken.

In einem Ort kurz vor der Autobahnauffahrt machte er Halt, um sich zu stärken und auszuruhen. Sein Ziel waren die großen Städte. Dort konnte er bestimmt fette Beute machen. Dreißig Kilometer hatte er bereits hinter sich, wie er auf der Straßenkarte ablas. Nicht gerade viel. Trotzdem taten ihm bereits die Beine weh und noch mehr der Hintern. Er brauchte dringend ein gemütliches Plätzchen, wo er später auch pennen konnte. Das schnuckelige Landhotel mit vier Sternen war ge-

nau richtig. Ein stinkfeiner Laden. Und das Beste daran war, dass gerade ein üppiges Frühstücksbuffet aufgebaut wurde. Frisch duftendes Gebäck, Butter, Honig, Schinken, Eier, Lachs, Wurst . . . Wie ein hungriger Wolf machte sich Florian darüber her. Anschließend suchte er sich ein Gästezimmer, das nicht abgesperrt war. Er war so müde, dass er kaum noch die Augen offen halten konnte.
Florian schlief unruhig in dem ungewohnt weichen Bett. Einmal schreckte er hoch, weil er glaubte, ein Geräusch gehört zu haben. Lange lag er danach wach und lauschte. Da war nichts. Es konnte nichts sein. In der absoluten Stille der Nullwelt wirkten sogar das eigene Atmen und das Ticken der Armbanduhr laut. Ein Nebelwesen schwebte durchs Zimmer, schwerelos, lautlos. Er schlief wieder ein.

Um sieben stand Florian auf. Oder besser gesagt, er quälte sich aus dem Bett. Muskelkater lass nach! Das bewies wieder einmal die extrem negative Wirkung von sportlicher Betätigung. Ächzend schleppte er sich zum Frühstücksbuffet. Die Brötchen waren noch genauso frisch wie gestern, der Kakao nach wie vor heiß. Florian überlegte ernsthaft, ob er nicht einen Tag hier bleiben und sich erholen sollte. Schließlich entschied er sich zur Weiterreise. Zuvor erleichterte er die Hotelgäste noch um etliche Geldscheine. Mit dem Hauptschlüssel des Portiers konnte er in alle Zimmer eindringen. Viele Gäste lagen noch in den Betten. Die Kleider samt Geldbörsen hingen meist über Stuhllehnen oder in den Kästen, eine leichte Beute für den Zeitdieb. Florian nahm nicht viel, bloß da ein paar Zehner, dort einen Hunderter, je nachdem, wie reichlich die Börsen seiner Opfer gefüllt waren. Am Ende hatte er fast tausend Euro beisammen. Er war hochzufrieden.

Florian machte sich wieder auf den Weg, obwohl es ihm schwer fiel. Es war ein seltsames Gefühl, mit dem Rad auf der Autobahn zu fahren, auf dieser breiten, schnurgeraden Straße, die sich schier endlos bis zum Horizont erstreckte. Es kam ihm vor, als würde er kaum vom Fleck kommen. Das war langweilig und nervtötend. Noch dazu ging es stetig leicht bergauf.
Sein Hintern tat ihm bald so weh, dass er abstieg und das Rad schob. Frustriert studierte er die Straßenkarte. Ungefähr zwanzig Kilometer waren es noch bis zur nächsten Autobahnabfahrt, schätzte er. Schinderei lass nach! Um sich aufzumuntern, kramte er den Walkman aus dem Rucksack hervor. Da sah er aus den Augenwinkeln eine Bewegung. Seine Nackenhaare sträubten sich. »Hallo!«, rief er heiser. »Hallo, ist da jemand?«
Stille. Da war es wieder. In der Heckscheibe des nächststehenden Autos spiegelte sich was, etwas Großes, Lebendiges. Er konnte es nur verschwommen sehen, aber es war garantiert kein Nebelwesen.
Nichts wie weg! In heller Panik trat der Junge in die Pedale. Gelegentlich sah er sich um. Mehrmals hatte er den Eindruck, dass er verfolgt wurde, aber sicher war er sich nie. Er schwitzte und keuchte. Die verflixte, endlose Steigung machte ihn noch wahnsinnig.

Endlich erreichte er eine Raststätte. Hier konnte er Deckung suchen, sich ausruhen, etwas essen, sich beruhigen. Florian betrat das Restaurant. Es waren nicht viele Menschen hier, und natürlich bemerkten sie ihn nicht, aber allein schon ihre Anwesenheit gab ihm ein Gefühl der Geborgenheit. Ich muss nur in die Normalzeit zurückkehren, dann bin ich sicher, dachte er. Gleichzeitig schimpfte er sich selbst einen Idioten. Falls ihn hier in der Nullwelt wirklich jemand verfolgte, dann war er ihm in der Normalzeit erst recht hilflos ausgeliefert.

»Ist ohnehin alles Einbildung«, sagte er laut, um sich Mut zu machen. Er holte sich eine Cola aus dem Kühlregal und nahm einen tiefen Zug. »Es kann nicht sein, weil . . .«

Da! Im Fensterglas spiegelte sich schon wieder eine flüchtige Bewegung. Florian stürzte zum Fenster, konnte aber nichts erkennen. Draußen stand nur eine erstarrte Menschengruppe.

Er holte sein Taschenmesser hervor und klappte die Klinge auf. So bewaffnet wagte er sich wieder ins Freie. Aufmerksam spähte er nach allen Seiten. In der einen Hand hielt er die halb leere Flasche, in der anderen das Messer. Nichts tat sich. Kein Ungeheuer stürzte sich aus dem Hinterhalt auf ihn. Nur ungewöhnlich viele Nebelwesen trieben sich hier herum.

Sonst war alles wie immer, außer . . .

Der Rucksack! Er hatte den Rucksack an die Lenkstange gehängt. Dort hing er immer noch, aber an der verkehrten Seite. Irrtum ausgeschlossen.

Florian konnte vor Angst kaum noch klar denken. Etwas hatte an seinen Sachen rumgefummelt, etwas anderes als die Nebelwesen, die allein schon deshalb harmlos waren, weil sie ihn nicht berühren konnten. Was den Rucksack berühren konnte, konnte auch ihn berühren, ihm weh tun. Und was immer dieses »Etwas« war, auf der Straße war er ihm hilflos ausgeliefert. Er musste schleunigst ein sicheres Versteck finden.

Florian nahm den Rucksack, ließ das Fahrrad liegen und rannte zurück in die Raststätte. In der Küche schnappte er sich ein großes Fleischermesser. Das war wenigstens eine ernst zu nehmende Waffe.
Im ersten Stock gab es Gästezimmer. Der Junge hastete die Treppe hoch.
Endlich fand er, was er suchte. In der Tür zu einem Büroraum steckte der Schlüssel. Aufatmend schloss er hinter sich ab. Hier konnte keiner rein, hier war er in Sicherheit.
Er blickte auf die Uhr. Schon nach halb sechs. Der Tag war vergangen wie im Flug. Er beschloss, hier die Nacht zu verbringen. Hoffentlich hatte er nicht mehr so viel Angst, wenn er erst ausgeschlafen war.
Er breitete den Schlafsack auf dem Fußboden aus. Den Rucksack wollte er als Kopfpolster verwenden. Dabei fiel ihm auf, dass dieser eigenartig prall gefüllt war. Sehr vorsichtig öffnete er den Schnürriemen. Was er entdeckte, ließ ihn fassungslos keuchen.
»Nein, ich glaub's nicht!«
Da war Geld drin, jede Menge Geld! Dicke Bündel Hunderter, Fünfziger und Zwanziger waren es. Das

mussten zigtausende sein, wenn nicht hunderttausend und mehr. Total neu sahen die Scheine aus, nicht gefaltet, wie frisch gedruckt. Vielleicht ist es Falschgeld, dachte Florian. Prüfend hielt er einen Hunderter hoch. Bei dem roten Zwielicht ließen sich Einzelheiten nicht erkennen. Er probierte es mit der Taschenlampe. Sein Vater hatte ihm einmal die Sicherheitsmerkmale von Geldscheinen erklärt, holografischer Kippeffekt, Wasserzeichen, Sicherheitsstreifen . . . Alle Erkennungszeichen, an die Florian sich erinnern konnte, waren vorhanden. Die Kohle war zweifellos echt. Wie war dieses Vermögen in seinen Rucksack gelangt?
Gleich darauf kam der nächste Schock, der schwerste bisher. Er hörte keinen Laut, und deshalb war es purer Zufall, dass er gerade im rechten Moment zur Tür blickte.
Die Türklinke bewegte sich, einmal, zweimal. Jemand oder etwas wollte zu ihm rein. Entsetzt verkroch sich der Junge in die hinterste Ecke des Zimmers. Das Küchenmesser hielt er fest umklammert. Er starrte auf die Türklinke, minutenlang, stundenlang, bis seine Lieder schwer wurden. Es rührte sich jedoch nichts mehr.

Auf Florians Uhr wurde es Mitternacht. Immer noch fand er keinen Schlaf. Die Panik war längst vorbei, doch nicht die Angst. Er grübelte und grübelte. Was lauerte draußen vor der Tür? Ein Mensch, der ebenfalls das Geheimnis des Zeitflusses kannte?
Nein, unmöglich! Wenn es tatsächlich noch andere Zeitspringer geben sollte, so konnten sie trotzdem

nicht hier auftauchten, es sei denn durch einen ungeheuren Zufall. Denn eigentlich, so hatte Florian längst überlegt, gab es unendlich viele Nullwelten. Ein anderer Zeitspringer müsste sein Zeitfeld exakt im gleichen Moment wie Florian aufbauen, um ihn dort zu treffen. Das war so gut wie ausgeschlossen. Selbst wenn der andere Florians Wechsel beobachten könnte, er bräuchte wenigstens Sekundenbruchteile, bis er reagieren und ihm folgen könnte. Bis dahin könnte Florian unendlich viel Zeit in der Nullwelt verbringen, während der andere Zeitspringer zur Bewegungslosigkeit verdammt war. Oder etwa doch nicht?

Es musste eine Erklärung geben! Jemand hatte die Türklinke bewegt, daran gab es nichts zu rütteln.

Und wenn es kein Mensch war? Dieser Gedanke trieb dem Jungen den Schweiß auf die Stirn.

Existierten in der Nullwelt neben den Nebelgeistern noch andere fremde Wesen? Ungeheuer, die Türklinken bewegen, zupacken, ihn verletzen, ihn jagen konnten?

Dann war da noch die rätselhafte Sache mit dem Rucksack voll Geld. Ungeheuer, die wussten, was Geld bedeutete? Intelligente Ungeheuer, vielleicht sogar intelligenter als ein Mensch? Wenn es wirklich so war, konnte er auch sofort aufgeben. Er konnte auf der Stelle die Tür öffnen und sich dem unbekannten Etwas stellen. Wenn er nur nicht so viel Schiss davor gehabt hätte!

Florians Gedanken drehten sich im Kreis, wieder und immer wieder, bis ihn schließlich die Müdigkeit übermannte.

IX. Der Mächtige

Es war schon nach elf, als Florian erwachte. Sein erster Gedanke war: Ich muss aufs Klo!
Und der zweite Gedanke: Ich kann nicht hinaus, denn da draußen lauert was!
Am Ende blieb ihm nichts übrig. Er konnte sich nicht ewig einsperren.
Der erste Blick auf den Gang war das Schlimmste. Zum Glück war niemand zu sehen. Geduckt huschte der Junge zur Treppe, runter ins Restaurant, das Messer stoßbereit in der Hand. Kein Ungeheuer überfiel ihn. Auch das Rad lehnte immer noch draußen. Florian radelte auf die Rückseite der Raststätte. Wie er gehofft hatte, gab es dort eine Möglichkeit, von der Autobahn abzufahren. Aber quer vor der Abfahrt stand ein Motorrad. Und auf dem Motorrad saß jemand und winkte ihm zu.
So schlimm sah das Ungeheuer gar nicht aus, fand Florian. Er schätzte den jungen Mann auf ungefähr fünfundzwanzig Jahre. Er trug eine Lederhose und eine Fransenjacke. Die langen braunen Haare wurden durch das lässig geknotete Stirnband nur ungenügend gebändigt. Der dichte Vollbart und die dunkle Sonnenbrille vervollständigten das Bild des typischen Motorradrockers.

»Hallo«, grüßte Florian. Er stieg vom Rad und machte einige zögernde Schritte auf den Fremden zu. Dann blieb er stehen, weil er etwas Bedrohliches entdeckt hatte. Der Rocker trug Waffen. Zwei Pistolentaschen baumelten an seinem Gürtel. Florian dachte an das Küchenmesser, das er im Rucksack verstaut hatte.

Der Rocker schien seine Gedanken zu erraten. Er hob beide Hände, um seine Friedfertigkeit zu demonstrieren. Im nächsten Augenblick geschah etwas Seltsames.

Seit seinem ersten bewussten Zeitwechsel fühlte Florian ständig die ihn umgebende Strömung, gleichgültig, ob sie nun in Normalgeschwindigkeit floss oder wie dicker Sirup erstarrte. Er spürte auch das Zeitfeld, das den Rocker umgab. Wie einen eigenartigen, lebhaften Wirbel inmitten des erstarrten Meeres nahm er ihn wahr.

Mit einem Mal dehnte sich der Wirbel um das Vielfache aus, erfasste den Jungen wie eine Stoßwelle und nahm ihn auf. Florian hörte plötzlich das dumpf grollende Tuckern des Motorrades. Er roch die Auspuffgase, die zu ihm herüberwehten.

»Hüpf rauf auf den Gaul, Bruder«, forderte ihn der Fremde auf. »Worauf wartest du?«

Florian gehorchte schweigend. Was hätte er sonst tun sollen?

»Hi, Bruder Florian. Ich bin Joe.«

»Hallo«, sagte der Junge verwundert. »Woher kennst du meinen Namen?«

»Am Strom,
jenseits des Hörbaren,
jenseits des Sichtbaren,
jenseits des Bekannten,
an weit entfernten Ufern,
jenseits der Zeit,

verstehen wir uns,
finden wir uns,
erkennen wir uns,
überall,
und jederzeit,
wir Brüder des Stroms.«

»Hä?« Florian blinzelte ihn verständnislos an. Was redete der Typ da für einen Quatsch??

Der Rocker schnaubte hörbar verächtlich. »Das ist ein Gedicht, du Kunstbanause! Halt dich fest, Mann.« Mit quietschenden Reifen raste das Motorrad los.

Dieser Joe war offenbar total durchgeknallt, und genauso fuhr er auch. Im Slalom steuerte er zwischen erstarrten Autos hindurch und das mit einem Affenzahn. Florian fühlte, wie ihm übel wurde. Er protestierte, aber der Irre raste einfach weiter. Entweder er verstand durch das Motorengedröhn nichts, oder es war ihm egal.

Endlich machte er an einer Tankstelle Halt. »Futter für die Mühle und für uns«, sagte er. »Ich erledige das. Kannst dir die Beine vertreten.«

Florian ließ sich das nicht zweimal sagen. Er rieb sich stöhnend den schmerzenden Hintern. Der Rocker sah ihn fragend an. »Probleme?«

»Mir tut noch von gestern alles weh«, erklärte Florian. »Ich bin das Radfahren nicht gewöhnt.«
»Wen wundert"s? Was hockst du dich auch auf so ein Kinderspielzeug?«
»Etwas Größeres hat nicht in das Zeitfeld gepasst«, erklärte Florian.
»Nicht mehr lange, Bruder.

Sperren,
Dämme im Strom,
verhindernd starre Grenzen,
verengen Blicke, Leben, Freiheit.
Akzeptieren wir nicht,
entsagen wir,
fließend.

Es gibt keine Grenzen«, fügte Joe hinzu, als er Florians fragenden Blick bemerkte. »Nur die in deinem Kopf.«
Joe holte einen Schlauch aus der Satteltasche und öffnete den Tankdeckel. »Die Pumpen an den Zapfsäulen laufen in der Starrwelle nicht«, erklärte er. »Zum Glück findet man meist freiwillige Spender, die dankenswerterweise ihre Tankdeckel offen haben.« Er deutete auf einen Wagen vor der Zapfsäule. Das Auto gehörte offenbar dem Glatzkopf, der gerade die Windschutzscheibe putzte. Joe zog den Stutzen der Zapfsäule heraus und führte stattdessen seinen Schlauch in den Autotank ein. Den Reservekanister stellte er daneben.
»Und Prost.« Er saugte kurz mit dem Mund an. Das Benzin strömte aus dem Tank in den Kanister. Nach einer Weile sagte Joe: »Das langt noch nicht. Fass mit an.

Verschließ das Schlauchende mit dem Daumen, bis ich mit der ersten Futterration fertig bin.«
Florian tat es, während sein neuer Reisegefährte den Inhalt des ersten Kanisters in den Motorradtank leerte. Insgesamt viermal wiederholten sie die Prozedur. Danach steckte Joe den Tankstutzen zurück.
»Der Glatzkopf wird sich wundern, dass so viel in seinen Tank reinpasst«, vermutete Florian.
»Ja, vermutlich.« Joe lächelte. »Willst du zusehen, wie er sich ärgert?«
»Zusehen? Du meinst, in der Normalzeit?«
»Wo sonst?«
»Du meinst, wir können beide in die Normalzeit wechseln, ohne dass wir uns verlieren, genau gleichzeitig?«
»Kleinigkeit. Du erzeugst die Welle, und ich lasse mich mitziehen.«
»Welle, aha.« Florian blickte unsicher zu Boden.
»Der Zeitstrom, in dem wir beide schwimmen«, erklärte Joe, »du machst ihn starr oder flüssig. Du erzeugst Wellen darin.«
Florian nickte. »Verstehe. Wir erzeugen Wellen im Zeitfluss. Aber . . .«
»Nicht fragen, Bruder, ausprobieren. Tu es. Aber vorher gehen wir in Deckung.«
Versteckt hinter einer Zapfsäule, kehrte Florian zurück in die Normalzeit. Dabei behielt er Joe aufmerksam im Auge. Tatsächlich! Der Typ machte den Zeitwechsel ohne Probleme mit. Irgendwie benutzte er Florians Zeitfeld als Anker und ließ sich mitschleppen. Der Junge bestürmte ihn mit Fragen.

»Später«, vertröstete ihn Joe. »Sehen wir zu, was der Glatzkopf macht.«
Es war tatsächlich witzig, mit anzusehen, wie der Kahlköpfige fassungslos die Tankanzeige anstarrte und wie seine Miene dabei immer bestürzter wurde. Als die Anzeige nach sechzig Litern immer noch weiterlief, kniete er sich sogar hin und guckte unter das Auto, ob da nicht was auslief. Schließlich brummte er etwas von »Schweinerei« und »Betrug«. Mit zornrotem Gesicht eilte er zur Kasse.
Joe rempelte Florian vergnügt an. »Jetzt machen wir es umgekehrt«, schlug er vor. »Pass gut auf. Wenn ich die Starrwelle erzeuge, schwimmst du mit.« Ohne auf Florians Protest zu achten, erzeugte er das Zeitfeld.
Es war leichter als angenommen. Der Junge fühlte deutlich das Kräuseln im Zeitfluss. Als die Stoßwelle ihn erfasste, stemmte er sich nicht dagegen, sondern ließ sich mittragen. Im nächsten Augenblick fand er sich in der Nullwelt wieder.
»So einfach«, murmelte er erstaunt.
»Ja, so einfach«, wiederholte Joe. »Wenn du erst geübter bist, wirst du ein feines Gefühl für Störungen im Zeitstrom entwickeln. Ich habe deine Welle noch in dreihundert Kilometern Entfernung gespürt und mich mittragen lassen. Es hat nicht lange gedauert, bis ich dich gefunden habe.«
»Du bist mir heimlich gefolgt«, vermutete Florian, »schon vorgestern, auf der Landstraße. Und im Hotel warst du auch.«
»Es gibt kein Vorgestern, kein Gestern und kein Mor-

gen«, berichtigte ihn Joe. »Nicht für uns. Wir sind Timebender. Wir sind frei von allem.«
Florian überlegte, was das Wort »Timebender« bedeuten sollte. Joe war einer dieser Angeber, die sich besonders schlau vorkamen, wenn sie unverständliches Zeug quasselten. Zuerst die komischen Gedichte und jetzt das. Verflixtes Englisch!
»Warum hast du dich nicht sofort gemeldet?«, fragte der Junge verärgert. »Warum dieses Versteckspiel?«
»Das Spiel war lustig. Du hättest dein Gesicht sehen sollen, Mann.« Joe klopfte sich vergnügt auf den Schenkel. »Ich hoffe, du hattest Reserveunterhosen dabei.«
»Wie witzig«, murrte Florian. Er versuchte ein möglichst grimmiges Gesicht zu machen, musste aber ebenfalls lachen. »Ich hätte wirklich fast in die Hose gepinkelt, weil ich mich nicht aus dem Zimmer getraut habe.«
»Ha, ha, ha!«, lachte Joe. »Ich wusste, dass du hinter der Tür warst. Die Sänger haben es mir verraten.«
»Wer sind die Sänger? Solche wie wir?«
»Nein, sie sind . . .

Unangreifbar unbegreifbar,
nachtscheinend durchscheinend,
aufdringlich durchdringend,
stimmlose Stimmen,
tonlos tönend.«

»Was denn, du meinst die da?« Florian zeigte auf eines der Nebelwesen. »Die haben dir verraten, dass ich hinter der Tür bin? Du kannst mit ihnen reden?«
»Nein, sie reden nicht, sie singen. Mit einem Radio

kannst du sie hören und gleichzeitig anlocken. Sie sind süchtig nach ihrem eigenen Gesang, folgen dem Radioklang in Rudeln, wie Tauben zur Fütterung.«

»Ich weiß.« Florian nickte aufgeregt. »Aber wie haben sie dir verraten, wo ich bin?«

»Na, sie waren einfach da, haben sich immer in der Nähe der Tür herumgetrieben. Wir Timebender ziehen sie an. Sie folgen uns überallhin.«

»Aha. Gibt es eigentlich viele, äh, Timebender?«

Joe blickte ihn über die Ränder der Sonnenbrille an und runzelte die Stirn. »Manche Tiere hüllen sich in schwache Zeitfelder, wenn sie jagen oder wenn sie flüchten. Auch Menschen tun es manchmal unbewusst, wenn ihr Leben in Gefahr ist. Es sind nur kleine Ansätze, kaum ein Kräuseln im Strom. Aber Menschen, die die volle Fähigkeit haben, so wie du und ich, echte Timebender . . .« Er schüttelte den Kopf. »Nein, du bist der erste, dem ich begegne. Wir sind was Besonderes, Bruder. Wir sind einmalig.«

»Aber dann kannst du nicht wissen, ob die Nebelwesen uns folgen. Vielleicht gibt es Milliarden von ihnen, auf der ganzen Welt verteilt, und wir begegnen ihnen nur zufällig.«

»Das glaube ich nicht. Sie sind nie sofort da, wenn man die Starrwelle erzeugt. Sie tauchen immer erst nach einer gewissen Zeit auf.«

»Was ist die Starrwelle?«

»Der Zeitlevel, auf dem wir uns gerade bewegen.«

»Ich habe das Nullwelt getauft.«

»Egal, wie du es nennst, wir meinen beide dasselbe.

Nullwelt klingt aber besser. *Nullsumme, Nullfluss, Nullwelle, Nullwelt* . . . Gefällt mir.«
»Wer oder was sind die Sänger?«, fragte Florian. »Geister, Engel, Außerirdische?«
»Psst!« Joes Stimme senkte sich zu einem Flüstern. »Engel ist gut. Ja, das wird wohl hinkommen. Es gibt nämlich noch andere, weißt du. Die sind nicht so schön anzusehen.« Er deutete auf den Boden und nickte Florian bedeutungsvoll zu.
Florian sah ihn entsetzt an. »D-du meinst Teufel, Dämonen? A-aus der Hölle?«
»Ha, ha, ha!« Joe schüttelte sich vor Lachen. »Verzeih. Ich konnte nicht widerstehen. Du hast es herausgefordert. Auf dumme Fragen gebe ich stets dumme Antworten.«
Florians plötzlich leichenblasses Gesicht bekam wieder Farbe. »Wie witzig«, flüsterte er.
Dieser Joe war wirklich nicht ganz richtig im Kopf. Total plemplem!
Zur Sicherheit fragte er noch mal: »Es gibt keine Engel und keine Teufel, nicht wahr?«
»Hier in der Nullwelt gibt es jedenfalls nichts, was dir gefährlich werden kann. Und falls die Sänger wirklich Engel sind, dann sind es ausgesprochen dumme Engel. Nein, die erinnern mich eher an Hunde. Pass mal auf.«
Er spitzte die Lippen und pfiff. Prompt schwebte ein Nebelwesen auf ihn zu, dann noch eines und noch eines. Sie versammelten sich um Joe, wiegten sich und tanzten, bis dieser zu pfeifen aufhörte. Danach zerstreuten sie sich wieder.

»Wie Hunde, denen man Stöckchen zuwirft«, sagte Joe. »Nachts sind sie recht nützlich, als Beleuchtung, ha, ha, ha.«
Florian versuchte den Trick mit dem Pfeifen ebenfalls. Es gelang ihm nicht.
»Auf die richtige Tonhöhe kommt es an«, erklärte Joe. »Du wirst das mit der Zeit lernen. Komm jetzt. Ist nicht mehr weit.« Er stand auf und schwang sich wieder aufs Motorrad.
»Wohin fahren wir?«
»Dorthin, wo wir unser Zusammentreffen feiern können.«
Sie erreichten die Außenbezirke einer Großstadt. Bald standen die Autos so dicht, dass Joe oft nur im Schritttempo vorankam. Vor einer Spielhalle machten sie Halt.
»Wie wär's?«, fragte Joe.
Florian nickte eifrig. Leider brauchten die Spielautomaten alle Strom. »Kannst du sie zum Laufen bringen?«, fragte er hoffnungsvoll.
Joe blickte ihn wieder über die Brillenränder an und grinste. »In der Nullwelt meinst du? Wie denn? Bin ich ein Kraftwerk? Nein, dazu müssen wir uns schon in die Welt der Schnecken herablassen.«
»Oh«, murrte Florian enttäuscht. »Das ist blöde.«
»Wieso? Wir können als normale zahlende Kunden spielen. Oder hast du etwa keine Kohle?«
»Richtig, die Kohle!« Florian hatte das Vermögen in seinem Rucksack ganz vergessen. »Das Geld gehört dir, schätze ich.«
»Nicht doch.« Joe machte eine lässige Handbewegung.

»Es ist ein Geschenk. Ich habe dich im Hotel beobachtet und gesehen, dass du Geldscheine sammelst. Ich weiß zwar nicht, warum du auf das Zeug abfährst, aber wenn's dir Spaß macht, sollst du es haben.«
»Warum ich auf das Zeug abfahre?«, wiederholte Florian fassungslos. »Geld ist Macht! Mit genug Geld kannst du andere für dich arbeiten lassen und die großen Probleme lösen.«
»Welche großen Probleme?«, fragte Joe. »Du hast Probleme?«
»Natürlich hab ich auch welche. Aber die zählen nicht.«
»Welche sonst?«
»Na ja, die großen Probleme der Welt. Wir zwei sind doch mächtig. Wir könnten gemeinsam die Welt besser machen. Wäre das nicht toll?«
Joe zuckte gleichgültig mit den Schultern. »Würde dir das Spaß machen?«
»Natürlich! Nichts macht mehr Spaß, als Leuten zu helfen, denen es schlecht geht. Stell dir vor, wir würden die Kinder in Afrika vor dem Verhungern retten. Oder die vielen Kriege. Wir könnten das alles beenden.«
»Yeah, einen Krieg könnten wir tatsächlich entscheiden«, murmelte Joe nachdenklich. »Das wäre wirklich Action, Mann.« Er schnippte mit den Fingern. »Stell dir vor, hundert Panzerkanonen würden plötzlich verstopft sein, den Soldaten würden die Gewehre weggezaubert. Ganze Armeen wären gegen uns hilflos.«
»Das meinte ich nicht«, sagte Florian. »Wir müssen selbst nicht kämpfen. Mit genug Geld kann man jeden Krieg verhindern.«

Joe hörte gar nicht zu. Die Idee, Soldat zu spielen, faszinierte ihn. »Nur, wie kommen wir ins Kriegsgebiet?«, murmelte er. »Mit dem Flugzeug reisen ist schwierig, wenn du keine Papiere hast. Da müsste ich mir irgendwie einen falschen Pass besorgen.«

»Wieso? Warum hast du keine Papiere?«

»Weil ich bisher keine gebraucht habe.«

»Aber den Ausweis brauchst du überall«, behauptete Florian. »Ohne Ausweis kriegst du keine Wohnung und keine Arbeit.«

»Wie? Was? Arbeit? Hab ich was an den Ohren?« Joes Stimme klang plötzlich genervt.

»Bruder, du musst noch viel lernen. Vergiss die Regeln der Schneckenwelt. Vergiss die Bullen, den Staat und all den Müll. Wir sind Timebender. Hörst du nicht zu, wenn ich was sage?

Sperren,
Dämme im Strom,
verhindernd starre Grenzen,
akzeptieren wir nicht,
entsagen wir.«

»Und was machst du, wenn du krank wirst? Dich mit einem Gedicht heilen? Beim Arzt musst du dich auch ausweisen.«

»Na und? Du schnappst dir den Ausweis des nächstbesten Typen und gibst beim Arzt seinen Namen und sein Geburtsdatum an. Wenn du Glück hast, erwischst du auch die Versicherungskarte. Wenn nicht, stell dich dumm. Die suchen dann für dich alles aus dem Computer raus.

Starre Welt, Schneckenwelt,
starres Denken, Schneckendenken
schneckige Schleimspuren
folgen wir nicht,
benutzen wir nur.«

Florian seufzte. »Kannst du ab und zu so reden, dass ich es auch kapiere?«

»Mann! Benutz die Dummheit und die Phantasielosigkeit der Schnecken. Lass sie für dich arbeiten. Dazu brauchst du kein Geld. Du musst nur die Schwächen ihrer tausend Spießbürgergesetze begreifen.«

»Aber ich ...« Florian kam sich vor wie ein Vollidiot. Er kapierte kaum etwas von dem, was Joe da quasselte. War sein seltsamer Gefährte ein Genie oder ein Wahnsinniger?

»Denk nicht so viel«, sagte Joe. »Ich zeig dir schon alle Tricks, die du brauchst. Jetzt lass uns spielen.«

»Geht leider nicht«, murmelte Florian verlegen. »Ich hab mich zu Hause nicht abgemeldet. Zwar liege ich am Wochenende meist bis Mittag im Bett, aber was ist, wenn jemand ins Zimmer kommt und nachsieht?«

»Ach?

Immer noch ängstlich,
immer noch unsicher,
immer noch abhängig,
von der Schneckenwelt,
sich versteckend
im behüteten Schneckenhaus
vor den Ungeheuern
Veränderung, Erhabenheit, Freiheit
die da lauern?«

»Du hast leicht reden«, verteidigte sich Florian. »Du bist erwachsen und kannst tun, was du willst. Aber ich bin erst dreizehn.«
»Ts, ts, ts, schwache Ausrede. Als ich abgehauen bin, war ich erst elf.«
»Du bist ausgebüxt?«, fragte Florian erschrocken. »Und du bist nie zu deinen Eltern zurück?«
»Du fragst zu viel«, murrte Joe. »Willst du jetzt spielen oder nicht?«
Florian schwankte. Wenn er jetzt »Nein« sagte, musste ihn Joe für einen Feigling halten, der Schiss vor seinen Eltern hatte. »Okay, spielen wir«, entschied er. »Aber bloß eine Stunde.«

Es wurden über zwei Stunden. An den Automaten verging die Zeit wie im Flug, vor allem, weil sie so erfolgreich spielten. Von Joe ermuntert, verlangsamte Florian die Umgebung nur um eine Winzigkeit, bis sich die feindlichen Computerraumschiffe wie fette, lahme Enten bewegten. Er knallte sie reihenweise ab. Jeder Schuss ein Treffer. Locker schaffte er den Highscore. Sie hätten wahrscheinlich noch lange weitergespielt, wenn nicht der Lokalbesitzer gekommen wäre.
»Du da, Motorradfahrer, sind das echte Kanonen?« Er zeigte auf Joes Pistolen, die dieser offen am Gürtel trug.
»Und wenn?«, antwortete Joe, ohne eine Miene zu verziehen. »Was dagegen?«
Der Lokalbesitzer nickte. »Allerdings. Schusswaffen

dulde ich hier nicht. Verzieh dich auf der Stelle, oder in zehn Minuten ist die Polizei hier.«
Joes Augen wurden schmal. Florian spürte, wie er ein Zeitfeld aufbaute. Kein gewöhnliches Feld, wie es schien, sondern eines, das seinen Körper extrem eng umschloss, beinahe wie eine zweite Haut. Damit konnte er sich beliebig schneller bewegen als der Mann, der unmittelbar vor ihm stand. Florian hielt die Luft an. Dieser Typ konnte die Zeitfelder beliebig ausdehnen oder schrumpfen. Wenn Florian diesen Trick beherrscht hätte, wäre seine Schlägerei mit Bernd ganz anders gelaufen. Er hätte den Gegner ohne Gefahr fertig machen können, so wie Joe es gerade vormachte.
So schnell, dass das Auge der Bewegung kaum folgen konnte, zog der Rocker die Pistole und hielt sie dem Lokalbesitzer vors Gesicht. Dann löste sich das Hautfeld wieder auf.
»Haste was gesagt, Alterchen?«, fragte Joe gedehnt.
»Uh«, machte der Mann erschrocken. »Das ist sicher ein Missverständnis. Immer mit der Ruhe. Sie stecken jetzt die Dinger weg, dann können wir in Ruhe darüber reden, ja?«
»Ich will nicht reden, sondern hier spielen. Ich zahle dafür. Ich zahle nicht dafür, dass ich mir Vorschriften von einer spießigen Schnecke machen lasse.«
»Ja, klar, alles klar. Alles, was Sie wollen.«
Florian, der die Szene mit angehaltenem Atem beobachtet hatte, sah, wie dem Mann die Knie zitterten. Würde Joe wirklich abdrücken? Ausschließen konnte

man es nicht. Der Typ war wirklich völlig verrückt. Er musste außer Florian keine Zeugen fürchten, denn im Moment waren sie die einzigen Spieler hier.
»Du, Bruder, ich habe eigentlich genug vom Spielen«, sagte er heiser. »Es ist langweilig hier.«
»Yeah«, knurrte der Rocker. Er hielt den zitternden Mann immer noch in Schach. »Hast es gehört. Ist ein langweiliger Saftladen hier. Verdufte.«
Der Mann gehorchte nur allzu gerne, und Joe steckte endlich die Pistolen weg.
Florian atmete auf.
»Wohin jetzt?«, fragte er gepresst.
»Ab in die Heimat. Hüpf auf der Welle mit.« Joe wechselte in die Nullwelt, und Florian schwamm auf der Zeitwelle mit. Er hatte keine Wahl. In der Normalzeit wäre er dem Verrückten erst recht hilflos ausgeliefert gewesen. In was war er da nur hineingeraten?
Irgendwie musste er den gefährlichen Typen loswerden. Aber wie? Vor einem Timebender gab es keine Flucht. Wann immer Florian in die Nullzeit flüchtete, würde Joe die Zeitwelle spüren und ihm folgen. Joe ahnte offenbar, was in Florians Kopf vorging. Er zog eine Pistole aus dem Halfter und drückte mehrmals ab. Es gab keinen Knall, nur ein Klicken.
»Die sind leer, Mann. Glaubst du vielleicht, ich laufe rum und knalle Leute ab?«
Florian betrachtete ihn gleichzeitig erleichtert und irritiert. »Und warum trägst du die Dinger dann?«
»Na, weil es cool aussieht, weil mich die Leute respektvoller behandeln, und weil ich manchmal gerne in der

Gegend rumballere, auf Steine, Dosen und Flaschen. Das ist sehr entspannend.«
»Ich finde, es sieht angeberisch und total bescheuert aus.«
Florian hielt sich die Hand vor den Mund. Das war ihm jetzt rausgerutscht.
Zum Glück reagierte Joe nicht aggressiv. Er betrachtete nur stirnrunzelnd die Waffen. »Wirklich und tatsächlich bescheuert?«
»Bescheuert lass nach.«
»Na, wenn das so ist . . .« Joe holte aus und warf die Waffen in hohem Bogen in den nahen Fluss. Den Gürtel mit den Halftern steckte er in die nächste Mülltonne. »Besser jetzt?«
»Viel besser.« Florian entspannte sich ein wenig, blieb aber auf der Hut.
»Du hast mordsmäßig Schiss vor mir«, erkannte Joe. »Glaubst, ich ticke nicht ganz richtig.«
»Äh, nein, ich . . .«
Joe winkte ungeduldig ab. »Ja, kann sein. Vielleicht wird man wahnsinnig, wenn man sein halbes Leben lang allein ist, wenn man zu lange in diesem verdammten Zwielicht leben muss, in dieser ewigen Lautlosigkeit.«
»Wieso muss?«, fragte Florian schüchtern. »Du könntest jederzeit in die Normalwelt zurück.«
»Und was erwartet mich dort?« Joe schnaubte frustriert. »Keine Papiere, kein Beruf, keine Familie. Dafür ein Gesicht, von dem in jedem Polizeirevier ein Foto hängt. Nein, ich kann nicht zurück. Nie mehr.«

»Du wirst von der Polizei gesucht?« Es war weniger eine Frage als eine Feststellung.
Joe nickte. »Ich habe Banken geknackt, Läden ausgeräumt, Fahrzeuge gestohlen, bin in Wohnungen eingebrochen. Einige krumme Dinger habe ich sogar in der Normalwelt gedreht, damit es spannender wird. Es war mir egal, dass mich dabei Kameras aufgenommen haben. Was können mir die Bullen schon anhaben, dachte ich.«
»Au weia«, flüsterte Florian. »Du könntest ins Ausland gehen.«
»Hab schon daran gedacht. Das ist aber nicht so einfach. Ich müsste irgendwo die richtigen Leute bestechen, damit sie mir falsche Papiere besorgen. Ehrlich gesagt, habe ich keine Ahnung, wie ich das anstellen soll. Ich kenne keine schweren Jungs, die mir helfen könnten, weißt du. Hab auch keinen Bock darauf.«
»Du sitzt ganz schön in der Tinte«, erkannte Florian.
»Du auch.«
Florian erschrak. »Ich? Wieso?«
»Na, warum wohl?«, knurrte Joe. »Erzähl mir nicht, du hättest nicht geklaut wie ein Rabe. Das hab ich nämlich auch getan, als ich so alt war wie du und mein Talent entdeckte. Hast du schon deine erste Bank geknackt?«
»Nein, und das habe ich auch nicht vor. Ich habe immer nur Kleinigkeiten mitgehen lassen. Alles in der Nullwelt. Von mir gibt es garantiert keine Kamerabilder.«

»Fingerabdrücke auch nicht?«
Florian starrte erschrocken auf seine Hände. »Ich, äh . . .«
»Aha, keine Handschuhe verwendet«, stellte Joe fest. »Tja, Pech.«
»Du meinst, man kann mir jederzeit etwas nachweisen?«
Joe zuckte mit den Schultern. »Kann sein.«
Leichenblass lehnte sich Florian an eine Hausmauer. Das musste er erst verdauen.
»He, es ist noch nichts passiert«, tröstete ihn Joe. »Vielleicht passiert auch nie etwas, wer weiß. Kopf hoch, Bruder. Wovor hast du Angst? Wir sind Timebender. Wir sind mächtig. Wir sind die Herren der Erde. Schon vergessen?«
»Was rätst du mir?«, fragte Florian niedergeschlagen.
»Erst mal Futter suchen und dann schlafen. Oder bist du nicht hungrig?«
»Hungrig und müde, ja.«
»Dann hüpf aufs Pferd. Fahren wir einkaufen.« Er nahm Florians Hand und drückte sie. »Ich werde immer dein Freund und Bruder sein«, versprach er. »Komm mit mir. Wir werden die Welt besser machen, wir zwei.«

Es wurde ein Fressgelage, wie Florian noch keines erlebt hatte. Von mehreren Delikatessenläden und Restaurantküchen suchte Joe nur das Feinste vom Feinen aus. Sie aßen die Köstlichkeiten aber nicht sofort, son-

dern nahmen sie mit zu einem Möbelhaus, das Joe als Nachtquartier ausgesucht hatte. Dort futterten sie. Florian trank zum ersten Mal im Leben Wein. Das Zeug schmeckte anfangs scheußlich. Es wirkte aber beruhigend. Bald vergaß der Junge alle Sorgen. Sie alberten herum. Sie schmiedeten gemeinsam große Pläne, bis Florian seine Zukunft als Retter der Welt in den rosigsten Farben sah.
Kurz darauf wurde ihm so schlecht, dass er nur noch sterben wollte. Er kotzte und kotzte, bis nichts mehr im Magen war. Der Kopf fühlte sich an wie in Watte gepackt. Die kleinste Bewegung schmerzte. Joe kümmerte sich fürsorglich um ihn. Er tröstete ihn, besorgte ihm Aspirin, erzählte ihm Geschichten aus seinem Leben.
Endlich, es kam Florian wie eine Ewigkeit vor, beruhigten sich Kopf und Magen. Er konnte wieder klar denken und sogar die Fahrt auf dem Motorrad ertragen.

Die beiden reisten ans Meer. Das hatte sich Florian schon immer gewünscht. Unterwegs verteilten sie großzügig Geld an alle Bettler und Obdachlosen, die ihren Weg kreuzten.
Am Meeresstrand kehrten sie eine Stunde in die Normalzeit zurück, um die Sonne zu genießen.
»Sieh dir die an«, sagte Joe. Er deutete auf die in der Sonne flirrenden und glitzernden Libellen, die im nahen Bambusgestrüpp tanzten. »Die sind wie wir, sind unsere Brüder!

Geboren im langsamen Element,
suchend,
tauchend,
lauernd,
in starrer Rüstung
wartend.

Aber dann
aufsteigend,
sich verwandelnd,
alles zurücklassend,
unter sich,
den Boden,
die Vergangenheit,
die hässliche Rüstung,
der Starrheit entfliehend,
als flirrend,
glitzernd Feenwesen,
und tanzend
warten auf den Winter,
gelassen,
fliegend,
bis zur letzten, frostigen Abendsonne.«

»Was bedeutet das nun schon wieder?«, fragte Florian.

»Zwischen diesen zwei Möglichkeiten müssen wir wählen«, erklärte Joe. »Ein Leben als hässliche Larve im langsamen Wasser führen oder den Wechsel ins schnelle, luftige Element wagen, schnell, erhaben und intensiv leben. Denk darüber nach.«

»Hm«, machte Florian, um sein Unverständnis zu verbergen.
Während Joe sich gemütlich im Sand ausstreckte, wanderte der Junge am Strand entlang. Meeresschaum umspülte seine nackten Zehen. Er atmete die Seeluft und genoss den warmen Wind, das Meerrauschen und das Schreien der Seevögel.
Das ist echte Freiheit, dachte er träumerisch. Ich kann tun, was ich will, gehen, wohin ich will. Ich bin frei! Wenn jetzt noch Laura neben ihm laufen würde, wäre die Sache perfekt.
Ja, Laura. Was würde sie sagen, wenn er nicht zurückkehrte? Was würde seine Mutter sagen, der Vater? Plötzlich war das tolle Gefühl weg. Übrig blieben nur Verlorenheit und Heimweh. Ohne dass er es wollte, begann er zu weinen. Wenn das die Freiheit war, dann war ihm der Preis dafür zu hoch. Tränenblind stapfte er weiter den Strand entlang. Nur selten begegnete ihm ein Mensch. Es war wohl gegen Mittag, denn von den nahe gelegenen Restaurants und Grillbuden strömte ein verlockender Duft.
Mittag! Längst mussten die Eltern entdeckt haben, dass er sich aus dem Staub gemacht hatte. Wenn sie wüssten, wie weit er in diesem Augenblick von ihnen entfernt war. Florian wusste es nicht mal selbst genau. Hunderte Kilometer? Tausend? Er hatte keine Ahnung.
Etwas traf Florian am Kopf.
»He, träumst du?« Das war Joe, der ihm einen Fußball an den Kopf gekickt hatte.
»Zeit für den Unterricht, Kleiner. Achtung, Welle!«

Blitzschnell schwamm der Junge auf der Zeitwelle mit. Das beherrschte er bereits perfekt.
»Schieß zurück!«, rief Joe. Gleichzeitig zog er sein ausgedehntes Zeitfeld zusammen.
Florian trat den Ball. Der flog genau fünfundsiebzig Zentimeter weit. Dann hing er fest.
Joe ging zu dem Jungen, bis sich ihre Zeitfelder vereinten und sie sich wieder hören konnten.
»Du musst lernen, deine Reichweite zu vergrößern«, sagte Joe. »Der Ball steckt in einer gefrorenen Welle fest. Konzentriere dich auf diese Welle. Deine Gedanken sind wie Wärmestrahlen, die diese Wand, die dich umgibt, schmelzen.«
Florian tat sein Bestes. Er schloss die Augen und konzentrierte sich. Er hielt sogar die Luft an. »Es klappt nicht«, stieß er schließlich hervor.
»Stell dir die Grenze des Feldes als Wand vor«, schlug Joe vor. »Schmelze sie. Nur die Wand wird flüssig, nicht das Dahinter. Sie schmilzt.« Seine Stimme wurde tiefer, leiser und tonloser, beinahe hypnotisierend. »Der Ball ist wie ein Stein auf einer Eisdecke im Frühling. Die Sonne scheint auf das Eis. Du spürst ihre Wärme. Die Sonne scheint aus dir heraus auf die Wand aus Eis. Stelle ihn dir vor, wie die Eisdecke wässrig wird, sich in weichen Schneematsch verwandelt. Das Gewicht des Balles drückt. Eine Pfütze umgibt ihn. Er drückt, sinkt ein . . . Siehst du, du kannst es.«
Florian öffnete die Augen. Der Ball hatte sich tatsächlich bewegt. Nicht sehr weit, aber immerhin. Er

schwebte nun etwa einen Meter von ihm entfernt.
»War ich das?«
»Du allein«, bestätigte Joe. »Nicht übel für den Anfang. Weiter, weiter. Probiere es noch mal und lass die Augen dabei offen.«
Es war enorm anstrengend, doch Florian schaffte es schließlich, die Zeitblase je nach Wunsch bis auf einen Radius von zwei Metern auszudehnen. Das war kläglich gegen Joes Fähigkeiten, der locker über zwanzig Meter schaffte. Trotzdem war Florian hochzufrieden. Auch Joe sparte nicht mit Lob. Der umgekehrte Trick, das Verkürzen der Zeitblase bis auf wenige Zentimeter, war vergleichsweise einfach. Joe verriet Florian mehr über die Eigenarten der Nullwelt.
»Die Zeit außerhalb der Blase steht nicht still«, erklärte er. »Sie fließt bloß so langsam, dass du es gar nicht wahrnimmst. Man kann es mit einem Gletscher vergleichen. Das Gletschereis fließt auch, aber nur ein paar Meter pro Jahr. Ich habe herausgefunden, dass die Blase nicht starr ist, sondern vibriert, atmet. So wird Luft ausgetauscht. Stünde die Zeit draußen wirklich still, müssten wir ersticken. Wir könnten hier außerdem nichts sehen. Ich habe viele Bücher darüber gelesen und kenne mich aus. Lichtteilchen verhalten sich wie Wellen, weißt du. Wenn Lichtwellen kürzer werden, erscheint uns das Licht bläulich bis ultraviolett. Extrem kurze Lichtwellen sind gefährlich. Sie schädigen die Haut und die Körperzellen. Lange Lichtwellen hingegen sind rot. Wenn sie noch länger werden, nennt man das infrarot. Infrarotlicht kann

man nicht mehr sehen, nur noch als Wärme spüren. Ich vermute, irgendwie werden draußen in der langsamen Welt die Lichtwellen gedehnt. Sie werden länger. Deshalb gibt es in der Nullwelt kein Blau und kein Grün, nur Rot- und Brauntöne. Ich kann das allerdings nicht beweisen.«

»Aha-Erlebnis lass nach«, murmelte Florian. »Jetzt wird mir einiges klar. Deshalb wechselt das Taschenlampenlicht hinter dem Zeitfeld auch die Farbe. Weißes Licht wird rot, weil die Lichtwellen gedehnt werden. Die Nullwelt ist also gar keine Nullwelt, sondern bloß eine Fast-Nullwelt, weil die Zeit nicht wirklich stillsteht, sondern nur sehr langsam abläuft.«

Joe lächelte. »Gut erkannt. Wenn du dich konzentrierst, kannst du die Zeit außerhalb des Feldes sogar noch mehr verlangsamen. Ich zeige es dir.«

Florian fühlte Joes Welle und hängte sich dran. Übergangslos wurde es dunkel, so stockfinster, dass man nicht mehr die Hand vor den Augen sehen konnte.

»Wir befinden uns jetzt so nahe am Gipfel der Zeit, wie es nur möglich ist«, hörte er Joes Stimme. Sie klang stockend und gepresst, als ob er Schmerzen hätte. »Komm wieder zurück in die Nullwelt.«

Das Licht kehrte zurück. Florian bemerkte, dass Joes Gesicht schweißnass war. Die wenigen Sekunden hatten ihn offenbar total erschöpft.

»Ah«, keuchte er. »Das ist verflixt anstrengend. Ich habe das kaum geübt, weil es nichts bringt, weiter vorzustoßen. Die Nullwelt ist die ideale Zeit für uns beide. Sie kostet keine Kraft und bietet alle Vorteile.«

»Wenn sich die Zeit bis ins Unendliche beschleunigen lässt«, überlegte Florian laut, »können wir sie dann auch verlangsamen?«
Joe wiegte unsicher den Kopf. »Es müsste gehen, rein theoretisch, aber ich wage es nicht. Stell dir vor, wie hilflos wir wären, selbst langsam wie Schnecken, während die Zeit an uns vorbeirast. Und noch schlimmer: Stell dir vor, du würdest deine Zeit unabsichtlich zu sehr verlangsamen, weil du keine Übung darin hast und ... abrutschen. Das wäre entsetzlich.«
»Abrutschen?«, fragte Florian. »Was meinst du damit?«
»Den Punkt ohne Wiederkehr«, antwortete Joe düster, »den Abgrund der Zeit. Genauso wie es den Gipfel der Zeit gibt, den wir gerade besucht haben, könnte es auch das Umgekehrte geben. Stell dir einen Ort vor, an dem die Zeit außerhalb deiner Blase fast unendlich schnell vorbeirast. Du erkennst es und springst sofort zurück in die Normalwelt. Wie lange brauchst du für den Sprung? Eine Sekunde? Wie viele Jahre, Jahrzehnte, Jahrtausende vergehen inzwischen in der Normalzeit? Und was geschieht in der Zwischenzeit mit dir, während du wie eingefroren dastehst, völlig hilflos?«
»Der Abgrund der Zeit«, flüsterte Florian schaudernd. »Ich verstehe. Danke für die Warnung.«

Die folgenden Wochen fuhren sie an der Küste entlang. Sie unternahmen Ausflüge in die umliegenden Ortschaften und Städte. Sie ließen es sich gut gehen. Florian trainierte mit Begeisterung seine neuen Fähigkeiten. Bald konnte er das Zeitfeld nach Belieben und ohne

Anstrengung dehnen oder verkürzen. Er lernte, wie man die Feldgrößen optimal einsetzte. Das körperenge Zeitfeld machte ihn zum wahren König der Taschendiebe. Ohne Risiko konnte er fortan den Leuten die Börse aus der Tasche ziehen. Das gedehnte Feld wiederum schloss größere Gegenstände mit ein, sodass er künftig nicht mehr auf ein Kinderfahrrad angewiesen war. Autos waren in der Nullwelt unpraktisch, weil man schnell im erstarrten Verkehr stecken blieb. Mit einem Motorrad hingegen kam man fast überall durch. Joe brachte Florian das Fahren bei. Der Junge genoss es. Er stahl sich eine leichte Motocross-Maschine und düste begeistert durch die Gegend.
Es war eine herrliche Zeit. Sie schwammen, segelten, grillten am Lagerfeuer. Sie spielten Ball und Tennis, wobei sie durch geschicktes Manipulieren des Zeitradius die tollsten Effekte erzielten. Und immerzu war Florian auf der Suche nach Obdachlosen, denen er großzügig Geld und die feinsten alkoholischen Getränke zusteckte. Auch Joe trank gelegentlich am Abend. Nach einer Flasche Wein konnte man sich kaum noch vernünftig mit ihm unterhalten. Dann quasselte er nur noch Gedichte, Witze und Phantasiegeschichten. Aggressiv wurde er nie dabei. Florian lachte anfangs herzlich über den betrunkenen Freund. Doch mit der Zeit kannte er alle Geschichten. Das Geschwafel begann ihn zu nerven. Der Junge selbst mied den Alkohol strikt. Das Erlebnis im Möbelhaus war ihm eine unvergessliche Lehre. Dafür begann er zu rauchen, einfach, weil Joe es auch tat. Trotz aller Gegensätzlichkeit wurden

die beiden dicke Freunde. Das Vagabundenleben erschien Florian wie ein endloser Ferientraum. Mit der Zeit wurde Joe aber unruhig. Er gab öfter mürrische Antworten und begann zu meckern.

»Warum weigerst du dich, die Schneckenwelt zu besuchen?«, beschwerte er sich, »wenigstens ab und zu. Ich möchte endlich wieder in die Sonne! Sieh uns an. Unsere Haut wird immer blasser. Wir sehen beide schon aus wie Grufties.«
»In der Normalzeit ist es jetzt schon drei Uhr«, erinnerte ihn Florian. »Wie soll ich es meinen Alten erklären, wenn . . .«
»Ach, vergiss es!«, rief Joe. »Du willst doch längst nicht mehr zurück. Was vermisst du, he? Hast du Bock auf die Schule, auf das öde Kaff, in dem nichts los ist? Willst du wieder nach den Regeln der Schnecken tanzen? Vergiss es, Mann! Lass es endlich hinter dir. Look at the sun and be happy.«
»Ich bin noch nicht so weit«, meinte Florian ausweichend. »Gib mir Zeit.«
»Wie viel Zeit noch? Hast du die Wochen gezählt, die du unterwegs bist? Ich schon. Es sind acht. Acht Wochen, Bruder! Du hast dich längst entschieden. Jetzt musst du nur noch dazu stehen. Werd erwachsen, Junge.«
»Erwachsen? Das sagst ausgerechnet du? Du bist doch selbst nie erwachsen geworden.«
Joe musterte ihn kalt. »Es ist deine Entscheidung, Kleiner. Du kannst auf alle Grenzen pfeifen, der Freieste der Freien sein, oder du kannst zurückkehren in die

Schneckenwelt. Beides gleichzeitig geht nicht. Du kannst nicht als Timebender unter gewöhnlichen Menschen leben, denn es wird ihnen auffallen, dass du ungewöhnlich schnell alt wirst. Jede Stunde, die du in der Nullwelt lebst, ist eine Stunde weniger Leben in der Normalzeit. Sie werden dich misstrauisch ansehen, unangenehme Fragen stellen, dich ausschließen, dich meiden.«

»So war es bei dir, stimmt's?«, fragte Florian. »Du bist als Junge andauernd in der Nullwelt rumgehangen. Für deine Eltern bist du so schnell gealtert, dass sie misstrauisch wurden.«

»Ja, genauso war es«, bestätigte Joe. »Ich war elf. Irgendwann wurde meine Stimme tiefer, und der Bart spross. Meine Alten waren total aus dem Häuschen. Sie wollten mich im Krankenhaus untersuchen lassen. Ich musste mich entscheiden. Und du musst es auch tun. Was willst du? Ein Leben als höheres Wesen, allen Menschen überlegen oder eine unauffällige Schnecke unter Milliarden anderer kleiner Schnecken?«

Florian blieb die Antwort schuldig. Er wusste tatsächlich nicht, was er wollte.

»Komm schon«, lockte ihn Joe. »Du bist etwas Besonderes. Wer bekommt jemals eine solche Chance? Du kannst dir das großartige Leben, das vor dir liegt, gar nicht vorstellen. Wir können die ganze Welt bereisen. Wir können die Welt verändern. Nie waren Menschen so mächtig, wie wir es gemeinsam sein könnten. Wenn du das einfach wegwirfst, wirst du es ewig bereuen.«

»Ja«, murmelte Florian, »du hast sicher Recht. Gib mir nur etwas Zeit.«

Joe nickte.

»Okay, du bekommst deine Zeit. Zeit, so viel du willst. Denn ich hüpfe jetzt in die Normalwelt und lege mich in die Sonne. Du kannst mir folgen oder verduften. Es ist deine Entscheidung.«

Florian spürte die Welle, auf der Joe in die Normalwelt zurückkehrte. Zum ersten Mal schwamm er dabei nicht mit. Nachdenklich betrachtete der Junge den erstarrten Rocker, der sein Freund geworden war. Was sollte er tun? Es war unfair, dass er eine solche Entscheidung treffen musste! Florian dehnte das Zeitfeld aus, bis es auch Joe mit einschloss und diesen aus der Erstarrung riss.

»Oh nein, Bruder«, knurrte Joe. »Nicht auf diese Art. Entscheide dich.«

»Ich möchte vorher mit dir reden«, erwiderte Florian.

»Nein, über diese Sache haben wir genug geredet. Und nun geh mir aus der Sonne.«

Ohne dass Florian die Blase verkleinerte, erstarrte Joe wieder, was den Jungen erstaunte. Offenbar hatte ihm Joe noch nicht alle Tricks beigebracht, zum Beispiel wie man sich von einem fremden Zeitfeld abschirmte. Er verstärkte den Druck auf das Abwehrfeld des Freundes. Natürlich vergeblich. Joe war viel stärker als er. Er konnte ihn nur erreichen, wenn er selbst in die Normalzeit zurückkehrte. Und dann wäre seine Entscheidung getroffen.

Florian spazierte wieder den Strand entlang, den Blick auf den Horizont gerichtet. Dort, hinter dem Meer, warteten fremde Länder und jede Menge Abenteuer auf ihn. Er musste nur zugreifen. Was müsste er dafür aufgeben? Ein langweiliges Leben und den Schulhorror. Pah! Dem würde er wirklich keine Träne nachweinen. Freunde? Viele echte Freunde hatte er nicht, eigentlich nur Patrick. Der war immer ein guter Kumpel gewesen. Er würde ihn vermissen. Doch dafür hatte er jetzt Joe. Was noch? Sein Zuhause? Die Eltern?
Nun ja, Mutter hatte in letzter Zeit mächtig genervt. Der Gedanke, dass er sie nie wiedersehen könnte, tat trotzdem weh. Seinen Vater würde er bestimmt noch mehr vermissen. Er war immer da, wenn man ihn brauchte, hörte immer zu, wusste immer Rat. Aber mussten nicht alle Kinder eines Tages ihr Zuhause verlassen? Joe hatte es auch getan und hatte es nicht bereut. Niemand wohnte ewig bei den Eltern.
Florian trat auf etwas Spitzes. Fluchend zog er das Ding, das ihn verletzt hatte, aus dem Sand. Ein leeres Schneckengehäuse.
»Schneckenhaus«, flüsterte er. »Zurück in dein Schneckenhaus, kleine Schnecke?«
Er wusch das Ding im Meerwasser. Es schimmerte halb durchscheinend im Licht der roten Sonne. Das wäre ein schönes Geschenk für Laura, dachte er.
Der Gedanke an seine so unverhofft gewonnene Freundin war plötzlich da und verdrängte alles andere. Auch sie sollte er verlassen? Sie nie wiedersehen, oder vielleicht erst nach Jahren, wenn sie ihn längst nicht mehr

erkannte? In diesem Augenblick entschied er sich. Nein! Er würde bestimmt nie glücklich werden, wenn er Laura aufgab, das wusste er genau. Tot und kalt hatte das Mädchen die Nullwelt genannt. Wie Recht sie doch hatte!

Florian überlegte, ob er in die Normalwelt hüpfen und sich von Joe verabschieden sollte. Er tat es nicht, denn er wusste, dass ihn der Timebender für seine Entscheidung verfluchen würde.

»Leb wohl, Bruder«, flüsterte er nur. »Sei frei und genieße die Sonne.«

X. Der Weg zurück

Der Weg nach Hause war lang und einsam. Mit dem Motorrad hätte er es in drei oder vier Tagen schaffen können, doch Florian ließ sich Zeit. Die Tricks, die Joe ihm beigebracht hatte, eröffneten ihm ungeheure Möglichkeiten, die er ausnutzte. Viele Bettler und Straßenmusikanten kamen an Florians Wegstrecke zu unverhofftem Geldsegen.
Manchmal wurde der Junge unsicher. Jederzeit könnte er umkehren und sein Leben als Mächtiger führen. Nur der Gedanke an Laura trieb ihn weiter. Das Ziel, die Welt besser zu machen, hatte er keineswegs aufgegeben. Er war sich aber nicht mehr sicher, ob reich werden der richtige Weg war. Ob er noch einmal mit Fred reden sollte?
Was von dem geklauten Geld noch übrig war, vergrub er an einem einsamen Platz im Wald, sodass er den Schatz jederzeit wieder finden könnte.
Es war ihm schon wehmütig zu Mute, als er die Grenze seiner Heimatstadt erreichte. Schweren Herzens

versenkte er das gestohlene Motorrad an einer tiefen Stelle im Fluss. Die geklauten Kleider verbrannte er im Lagerfeuer. Er badete und zog die verdreckten Sachen an, die er bei seinem Aufbruch getragen hatte. Insgesamt neun Wochen waren seit seinem Aufbruch vergangen. Was vorher war, erschien ihm alles weit weg. Wenn er daran dachte, dass er morgen wieder in die Schule gehen sollte, wurde ihm schlecht. Er wusste ja nicht einmal mehr, was sie an seinem letzten Tag in der Normalzeit durchgenommen hatten. Beinahe wäre er im letzten Moment noch umgekehrt. Aber da war Laura.

Florians erster Weg führte ihn nach Hause. Wenig überraschend fand er sein Bett gemacht. Die Mutter war also im Zimmer gewesen, hatte entdeckt, dass er abgehauen war.

Immer noch im Schutz der Nullwelt, zog Florian sich um. Dann besuchte er Laura.

Er fand sie in der Garage bei den Motorrädern. Der Junge erweiterte die Zeitblase und schloss seine Freundin mit ein, entführte sie in die Nullwelt.

»Hallo, Laura.«

Laura erschrak zwar, lächelte ihn aber an. »Hallo, Zeithüpfer«, erwiderte sie. »Bist du schon lange da und beobachtest mich?«

Florian schüttelte den Kopf. »Das würde ich niemals tun, ehrlich. Bin gerade erst angekommen.«

»Hoffentlich«, meinte sie ernst. »Das würde mir nämlich nicht gefallen. Bitte kehren wir zurück in die richtige Welt. Du weißt, ich bin nicht gerne hier.«

Florian tat ihr den Gefallen. Zum ersten Mal seit Tagen sah er wieder die Sonne.
Lauras Miene hellte sich sofort auf. »So ist es besser. Und? Hast du deine Eltern gefragt? Darfst du mitkommen?«
»Was?«, fragte Florian verwundert. Dann erinnerte er sich. »Ach so, das Motorradrennen. Äh, nein, ich habe noch nicht gefragt. Ich wollte . . .«
»Flori, dein Auge!«, unterbrach ihn Laura. Sie hielt erschrocken die Hand vor den Mund.
»Hm, was? Was ist denn mit meinem Auge?«
»Gestern war es noch blau wie ein Veilchen, und jetzt sieht man nichts mehr davon.«
Florian war wie vom Donner gerührt. Ach, du liebes bisschen! Das hatte er total vergessen.
In einer Nacht konnte ein solcher Bluterguss unmöglich verheilen. Wenn das schon Laura auffiel, um wie viel mehr erst seiner Mutter? So was Blödes! Was sollte er jetzt tun?
»Du warst tagelang in der Nullwelt«, kombinierte Laura. »Warum? Was hast du dort getrieben?«
»Das ist eine lange Geschichte«, murmelte Florian bedrückt. Dann erzählte er ihr die ganze Wahrheit. Er verschwieg nichts, auch nicht die Diebstähle. Sogar von seinen Schulproblemen erzählte er ihr und von Joe. Laura hörte geduldig zu. Sie unterbrach ihn kein einziges Mal.
»Du steckst so tief in der Tinte, dass sie dir schon bei den Ohren reinschwappt«, sagte sie schließlich. »Versprich mir, dass du nie wieder klaust.«
»Ich tat es nicht für mich«, verteidigte sich Florian.

»Ja, das sagtest du schon.« Lauras Stimme klang verärgert. »Du willst die großen Probleme der Welt lösen. Und das willst du erreichen, wenn du andere bestiehlst?«
»Nur jene, die ohnehin zu viel haben.«
»Ach? Und wer bestimmt, wer zu viel oder zu wenig hat? Du?«
Florian ließ unsicher den Kopf hängen. »Ich wollte nur Gutes tun, bitte glaub mir. Jemand muss doch die großen Probleme der Welt lösen. Ich hätte die Macht dazu.«
»Dummkopf!«, fauchte Laura. »Um die Probleme der Welt zu lösen, braucht es keinen Robin Hood, sondern viele kleine gute Taten von allen Menschen. Dazu kann jeder was tun, auch wenn es nur wenig ist. Man braucht dazu keine faulen Tricks.«
»Aber . . .«, begann Florian.
»Aber gar nichts!«, unterbrach sie ihn energisch. »Eine kleine Spende von deinem eigenen Geld zählt viel mehr als geklaute Millionen. Mit einem Ganoven will ich nichts zu tun haben. Danke, dass du mein Leben gerettet hast. Ich werde dich nicht verraten. Geh jetzt.«
Für Florian brach eine Welt zusammen. Er wusste nicht, was er sagen sollte. So kramte er das Schneckengehäuse hervor, das er vom Meeresstrand mitgenommen hatte, und hielt es ihr hin.
Sie nahm es zögernd. Florian sah, dass sie Tränen in den Augen hatte.
»Geh«, flüsterte sie. »Geh und komm nie wieder.«
Florian war so niedergeschlagen, dass er nichts erwidern konnte. Er verzichtete sogar darauf, in die Null-

welt zurückzukehren. Es war ohnehin alles egal. Alles war aus! Wie betäubt lief er durch den Stadtpark.
Bei Freds Lieblingsbank blieb er stehen. Da waren Polizisten, die auf Notizblöcke schrieben. Männer in Weiß knieten um einen Mann, der reglos am Boden lag. Gerade eben bedeckte einer der Männer sein eingefallenes, runzliges Gesicht mit einem Tuch.
Florians Herz machte einen Sprung. »Fred?«
Ein Polizist wurde aufmerksam. »Kennst du den Toten?«, fragte er.
Florian starrte ihn fassungslos an. »Was? Tot?« Er fühlte, wie seine Knie weich wurden.
»Ja, Junge.« Der Polizist nickte. »Ist dir nicht gut? Komm, setz dich auf die Bank. Herr Doktor?« Er winkte einem der Männer in Weiß.
Dieser eilte sofort herbei und führte Florian zur Bank. »Alles in Ordnung, junger Mann?«
»Mir geht's gut«, log Florian. Er musste immerzu auf die liegende Gestalt starren.
Der Arzt folgte seinem Blick. »Alkoholvergiftung«, erklärte er knapp. »Er hat sich zu Tode getrunken. Ist er mit dir verwandt?«
Florian antwortete nicht. Zu Tode getrunken! Er sah die leere Schnapsflasche in der Hand des Polizisten und hatte das Gefühl, dass er sich gleich übergeben musste. Es war eine der Flaschen, die er gestohlen hatte. Ein tödliches Geschenk.
Der Arzt fühlte nach seinem Puls und legte die Hand auf seine Stirn. »War er ein Verwandter?«, fragte er mitfühlend.

»Freund«, hauchte Florian. Er beobachtete, wie andere Männer den Leichnam in einen Sarg legten, den Deckel schlossen und ihn davontrugen. Auch der Arzt verabschiedete sich mit einem gemurmelten »Tut mir Leid.« Offenbar war er der Meinung, dass Florian den Schock selbst überwinden würde. Nur einer der Polizisten war noch da.
»Wenn du willst, bringe ich dich nach Hause«, bot er an. Florian lehnte ab. Der Polizist notierte noch seinen Namen und seine Adresse. Der Junge blieb allein zurück. Er saß auf der Bank, heulte und fühlte sich so leer wie nie zuvor. Er bekam es anfangs gar nicht mit, dass sich Laura neben ihn setzte. Erst als sie den Arm um ihn legte, sah er auf.
»Verzeih mir«, sagte sie. »Was ich vorhin gesagt habe, tut mir Leid.«
Florian blinzelte ungläubig. »Ich soll dir verzeihen? Warum? Alles, was du gesagt hast, war richtig. Ich habe bestohlen und betrogen. Sogar den alten Fred habe ich auf dem Gewissen. Ich habe ihm den Schnaps besorgt, mit dem er sich zu Tode gesoffen hat. Es war meine Schuld.«
Laura umarmte ihn. Beide saßen sie da und weinten. Passanten betrachteten sie kopfschüttelnd.
»Aha, so ist das!«, sagte plötzlich jemand. »Deswegen also.«
Florian musste nicht hinsehen. Er kannte diese Stimme. »Was willst du noch?«, fragte er heiser. »Ich habe mich entschieden.«
»Ja, das habe ich gemerkt. Aber es war die falsche Entscheidung, Mann.«

Florian musterte den Störenfried. Er sah nicht gut aus. Die Lederjacke war fleckig. Sein Gesicht wirkte blass und aufgedunsen. Unter den Augen hatte er dunkle Ringe.

»Du bist Joe«, stellte Laura fest. »Flori hat mir von dir erzählt.«

»So, hat er das«, knurrte Joe, und sein Gesicht verdüsterte sich noch mehr. »Noch mehr Verrat, Bruder, nachdem du einfach abgehauen bist. Wir haben uns geschworen, dass unsere Existenz geheim bleibt. Mieser, kleiner Verräter, Feigling, Heulsuse.« Seine Stimme klang lallend. Er schwankte beim Sprechen.

»Er ist betrunken«, sagte Laura angewidert. »Stinkt wie ein ganzer Schnapsladen.«

»Nicht«, warnte Florian. »Reize ihn nicht. Er kann Dinge tun, die du dir nicht mal vorstellen kannst.«

»Sehr richtig«, bestätigte Joe. »Ich bin der mächtigste Mann der Welt. Der da . . .«, er zeigte auf Florian, ». . . der da weiß, dass es nicht nur so dahergesagt ist.«

»Pff!«, machte Laura verächtlich. »Ich sehe nur einen besoffenen, abgerissenen Tramp.«

»Falsch! Ich bin nicht besoffen, sondern voll wie eine Haubitze! Und weißt du auch, warum?«

»Weil dein einziger Freund dich verlassen hat«, vermutete Laura. »Weil du Angst vor dem Alleinsein hast.«

»Hör sich das einer an«, knurrte Joe. »Fräulein Überschlau.«

»Florian ist nicht der Feigling, sondern du.« Furchtlos blickte Laura dem Timebender in die Augen. »Du bist ein fauler, krimineller Schmarotzer, versteckst dich feige hinter Zeitfeldern. Du arbeitest nicht, tust nichts für andere. Du liebst nur dich selbst, und niemand liebt dich. Du bist der absolute Mega-Egoist. Du hast Angst vor den Menschen. Ein Ausgestoßener bist du, einsam und unglücklich. Du hasst die tote, kalte Welt, in der du dich verkriechst, wie eine Ratte hinter Ruinenmauern. Aber deine Angst zwingt dich weiter dort zu hausen, weil . . .«

»Genug jetzt!« Joes Gesicht war knallrot angelaufen. So hatte ihn Florian noch nie erlebt. Er hielt vor Schreck den Atem an.

»Du obergescheite Tussi! Du hast jetzt große Pause, kapiert? Wehe, du sagst noch ein Wort, bevor ich es dir erlaube!« Joe spazierte nervös hin und her, wie ein Raubtier im Käfig. »Ich trinke aus Kummer über meinen kleinen Bruder, der sein Leben wegwerfen will. Dieser kleine Blödmann, dieser Vollidiot! Haut einfach ab, lässt mich ohne ein Wort sitzen. Dabei habe ich ihn mächtig gemacht, oh ja. Mächtig könnte er sein, Großes tun. Alle seine Träume könnte er verwirklichen, Gott spielen. Doch was tut er? Er verzichtet auf alles, nur wegen ein paar hübscher, blauer Augen. Ist das zu glauben?«

»Ist das wahr?«, fragte Laura leise. »Du bist nur wegen mir zurückgekommen?«

»Hm«, brummte Florian verlegen.

»Wegen dir«, bestätigte Joe, »weswegen sonst? Welchen anderen Grund sollte ein Timebender haben, freiwillig zwischen hilflosen, farblosen Schnecken zu le-

ben, sich abzuschuften für das, was er sich einfach nehmen könnte, überall und jederzeit?« Er zog eine Flasche aus der Jackentasche und prostete Florian zu. »Auf dich, Blödmann. Ich hoffe, sie ist das Opfer wert.«
Florian nickte. »Das ist sie.«
»Auch andere Dinge sind es wert«, fügte Laura hinzu. »Luft, Wind und Sonne, Vogelgezwitscher, die Stimmen anderer Menschen.«
»Das alles kann ich haben, sooft ich will«, wehrte Joe ab. »Ich pendle zwischen den Zeiten, wie es mir gefällt. Ich muss auf nichts verzichten. Ich bin frei. Die ganze Welt gehört mir.«
Er beugte sich zu Laura herab, die unter dem Alkoholdunst die Nase rümpfte. »Wenn mein Partner ohne dich nicht leben will, dann nehmen wir dich eben mit. Wir dehnen das Zeitfeld so weit aus, dass auch du mit eingeschlossen bist. Alles kein Problem. Na, wie wär's? Möchtest du nicht gerne die schönsten Plätze der Welt sehen? Südseeinseln, Traumstrände, Urwälder, Luxushotels, ewig Urlaub machen, alles gratis.«
»Klar möchte ich diese Orte sehen«, sagte Laura. »Aber nicht auf diese Weise und nicht jetzt.«
»Was willst du dann?«
»Ich möchte bei meiner Familie leben. Ich möchte Freunde haben und ein Zuhause.«
»Freunde? Aber die hättest du! Du hättest Florian und mich.«
»Außerdem will ich einen Beruf lernen und arbeiten«, fuhr Laura ungerührt fort. »Nicht alle Leute wollen als Schmarotzer leben.«

»Du hast einfach null Ahnung«, knurrte Joe.
Laura schüttelte den Kopf. »Nein, du bist es, der keine Ahnung hat. Du bist eben ein Tramp, der sich um nichts kümmert als um sich selbst. Dafür hast du niemanden, der dich liebt. Niemand sorgt sich um dich. Du hast keinen Ort, an den du zurückkehren kannst, keine Heimat. Du wirst auch wahrscheinlich niemals Kinder haben, auf die du stolz sein kannst. Hast du überhaupt jemals was geleistet, worauf du stolz sein kannst?«
Joe glotzte sie eine Weile an. Dann lachte er unsicher und löste sich in Luft auf. Florian folgte ihm nicht.
»Er ist nicht immer so«, sagte er leise. »Es geht ihm nur nicht gut.«
»Da ist er nicht der Einzige«, erwiderte Laura. »Du hast auch schon mal besser ausgesehen.«
»Ich weiß.« Florian starrte düster vor sich hin. »Ich muss zurück zu meinen Eltern und ihnen erklären, warum ich abgehauen bin.«
»Sag, du hast mich besucht«, schlug Laura vor. »Das ist schließlich nicht gelogen. Soll ich mitkommen?«
»Nein, die Suppe muss ich allein auslöffeln.« Florian seufzte. »Wir sehen uns.«
Laura hielt ihn zurück. »Halt! Hast du nicht was vergessen?«
»Ach so, ja.« Er gab ihr einen Kuss.
Sie lächelte. »Das meinte ich nicht. Was ist mit deinem Auge? Wie willst du deine wunderbare Heilung erklären?«
»Richtig. Ich, äh . . .«
»Ja, dein Veilchen, ich erinnere mich«, sagte jemand hinter ihnen. »Peinlich, peinlich.«

Da stand dieser lästige Joe schon wieder. Diesmal war er offenbar nüchtern, frisch gewaschen und gekämmt. Sogar neue Kleider hatte er an, einen dunklen Anzug, den er vor kurzer Zeit noch »fade« und »spießig« genannt hätte.

»Was ist?«, fragte Florian gereizt. »Willst du mir ewig nachspionieren?« Er wunderte sich nicht über das veränderte Aussehen des Freundes. Niemand konnte wissen, wie lange Joe sich in der Nullwelt aufgehalten hatte, während in der Normalzeit nur Minuten vergangen waren.

»Keine Sorge, Bruder, wir reden gerade zum letzten Mal miteinander, bevor ich für lange Zeit weg bin.« Joes Stimme klang ungewohnt ernst. Dann verbeugte er sich vor Laura.

»Am Strom,
jenseits des Hörbaren,
jenseits des Sichtbaren,
jenseits des Bekannten,
an weit entfernten Ufern,
jenseits der Zeit,
lauschte er,
suchte er,
überall,
und jederzeit,
nach deiner Stimme,
nach dir,
dich,
seine Heimat,
im langsamen Strom.

Ich kann mich nur ungenau erinnern, was vor ein paar Tagen war. Kann sein, dass ich dich beleidigt habe. Ich bitte um Verzeihung.«

»Ist schon okay«, sagte Laura. »Du warst betrunken.«

»Voll bis zum Rand«, bestätigte Joe. »Sorry. Jetzt bin ich trocken, schon einige Tage lang. Ich habe seitdem viel nachgedacht.«

»Willst du Laura und mich mit neuen Tricks zum Mitkommen überreden?«, fragte Florian misstrauisch.

»Nicht doch. Eine einzelne, schmarotzende Ratte, die sich feige hinter Ruinenmauern verkriecht, genügt sich selbst.«

»Laura hat das nicht so gemeint.«

»Oh doch, das hat sie. Und es stimmt. Ich bin einsam. Ich kann auf nichts stolz sein, und ich habe keinen Ort, wo ich hingehöre, zumindest nicht in dieser Zeit.«

»Warum bleibst du nicht bei uns und beginnst ein neues Leben?«, fragte Laura.

»Er wird gesucht«, erklärte Florian. »Die Polizei hat sein Foto und seine Fingerabdrücke. Meine Fingerabdrücke haben die wahrscheinlich auch.«

»Mach dir deswegen keine Sorgen«, sagte Joe. »Ich glaube kaum, dass bei so kleinen Diebstählen Fingerabdrücke abgenommen werden. Wenn du nicht straffällig wirst, hat die Polizei außerdem kein Vergleichsmaterial. Bei mir liegt der Fall leider anders. Glaubt mir, jeder Kriminalbeamte in weitem Umkreis kann mich erkennen.«

»Dann geh ins Ausland«, riet Laura.

»Ich gehe lieber dorthin zurück, wohin ich gehöre.«

»In die Nullwelt?«
»Nein.« Joe lächelte geheimnisvoll. »Ich hatte eine Familie, als ich elf war, Eltern, zwei Brüder, eine Schwester. Der elfjährige Joe ist vor zwei Jahren der langsamen Zeit spurlos verschwunden. Für mich waren es über fünfzehn Jahre. Ich habe diesem alten Leben dreizehn Jahre gestohlen. Bevor ich das nicht zurückzahle, kann ich nicht heimkehren.«
»Ich verstehe nicht«, sagte Florian. »Was meinst du mit zurückzahlen?«
»Seine Familie würde in keinem Fall glauben, dass dieser Erwachsene ihr Sohn ist«, vermutete Laura. »Nur wenn die Eltern und Geschwister heute selbst fünfzehn Jahre älter wären, könnte Joe sagen, er wäre damals entführt und viele Jahre gefangen gehalten worden oder so.«
Joe applaudierte ihr lächelnd. »Du hast nicht nur schöne Augen, sondern auch was im Kopf. Deine Geschichte klingt gut. Sie ist sogar besser als jene, die ich mir selbst ausgedacht habe. Ich wollte meiner Familie etwas über Gedächtnisschwund vorlügen. Gefangenschaft klingt aber besser. Danke.«
»Ich kapiere es immer noch nicht«, gab Florian zu. »Du bist älter geworden, deine Eltern und Geschwister aber nicht. Das kannst du nicht rückgängig machen.«
»Warum nicht?«, fragte Laura. »Ich dachte, für einen Timebender ist nichts unmöglich.«
»Ha, da hörst du es, Bruder!« Joe schlug sich vergnügt auf den Schenkel. »Ich hätte statt dir besser deine kleine Freundin trainieren sollen. Die hat wenigstens Phanta-

sie. Denk nach, Mann! Weißt du noch, wie wir uns dem absoluten Zeitgipfel angenähert haben, wie alles um dich dunkel wurde? Du hast mich gefragt, ob nicht auch das Gegenteil möglich wäre.«

»Der Abgrund der Zeit!«, rief Florian erschrocken. »Der Punkt ohne Wiederkehr. Du willst in die umgekehrte Nullwelt vordringen, dort, wo du selbst stillstehst und die Normalzeit unendlich schnell an dir vorbeirast.«

»Nicht bis zum Abgrund«, berichtigte ihn Joe. »Nur so weit, dass fünfzehn Jahre in ein paar Stunden an mir vorüberziehen. Dann werde ich zu meiner Familie zurückkehren und ein Märchen über Entführung und Gefangenschaft erzählen. Danach möchte ich in der langsamen Welt leben, wie normale Menschen, vielleicht irgendwann selbst Kinder haben.«

»Ausgerechnet du?« Florian konnte es nicht fassen. »Das hältst du niemals durch.«

»Anfangs wird es sicher eine harte Zeit«, gab Joe zu.

»Eine sehr mutige Entscheidung«, lobte Laura. »Gratuliere.«

»Eine total übergeschnappte Entscheidung ist es!«, verbesserte Florian. »Mit beschleunigten Zeitwellen hast du keine Erfahrung. Du weißt nicht, wie man sie steuert. Was ist, wenn du unabsichtlich zu weit vorstößt und in den Abgrund fällst?«

»Ich bin kein Anfänger wie du«, sagte Joe augenzwinkernd. »Das schaffe ich mit links.«

»Angeber! Du hast null Ahnung, was dich erwartet!«

»Ich kümmere mich um meine Probleme, du kümmerst

dich um deine«, schlug Joe vor. »Ach, übrigens, weißt du noch, welches deiner Augen das mit dem Veilchen war?«
»Hä? Weiß ich nicht mehr, wieso?«
»Das rechte glaube ich«, kam Laura zu Hilfe.
»Ah ja, danke«, sagte Joe und schlug zu.
»Au, auu!«, jaulte Florian. Er presste beide Hände aufs Gesicht. »Bist du jetzt total übergeschnappt?«
»Stell dich nicht so an«, sagte Laura. »Ich hätte das Auge mit Lidschatten geschminkt, aber so wirkt es garantiert echter. Lass mal sehen.« Sie zog Florians Hand weg und sah ihn kritisch an. »Hm«, meinte sie zu Joe gewandt. »Meinst du, das langt?«
»Ich weiß nicht. Vielleicht färbt es sich, wenn ein paar Minuten vergehen. Soll ich noch mal?«
»Wehe, du wagst es!«, fauchte Florian. »Mensch, tut das weh. Schmerz lass nach! Du hättest mich wenigstens vorwarnen können.«
»Unsinn«, sagte Laura. »Du wärst zurückgezuckt. Ah, jetzt wird es blau. Sehr schön.«
»Yeah, ein Meisterwerk.« Joe grinste breit. »Ein Problem gelöst. Jetzt muss ich mein eigenes angehen.« Er drückte Laura die Hand. »Danke, Mädchen.«
»Viel Glück«, erwiderte sie. »Wir sehen uns hoffentlich in fünfzehn Jahren.«
Joe und Florian umarmten sich.
»Du irrer Spinner«, sagte Florian. »Du willst das wirklich durchziehen? Was geschieht mit deinem erstarrten Körper? Wenn ihn jemand entdeckt und für eine Statue hält? Was, wenn jemand die vermeintliche Sta-

tue auseinander nehmen will? Man weiß nie, was den Leuten einfällt.«

»Niemand darf mich in diesem Zustand anfassen«, erwiderte Joe ernst. »Es könnte sein, dass ich andere ungewollt mitreiße. Ich werde vorsorgen, damit es nicht passiert. Es wird wohl einige Wochen dauern, vielleicht ein paar Monate, bis ich den großen Sprung wage. Warte auf meine Post. Dann wirst du verstehen, was ich meine. Halt die Ohren steif, Bruder. Look at the sun and be happy.«

Florian spürte, wie Joe auf der Zeitwelle in die Nullwelt glitt. »Sei vorsichtig, Spinner«, flüsterte er, doch er war sich nicht sicher, ob es sein Kumpel noch hörte.

»Er wird es schaffen«, sagte Laura. »Er geht jetzt nach Hause, so wie du.«

XI. Zu Hause

Florian saß am Frühstückstisch und genoss es. Es war Sonntag, halb sieben Uhr. Er genoss das helle Sonnenlicht, den Luftzug, der durch das offene Fenster strömte, sogar die bescheuerte Werbung im Radio. Die Luft roch so gut. Die ganze Welt kam ihm wie frisch geputzt vor. So ähnlich musste sich ein Gefangener fühlen, der ewig lange in einer stickigen Zelle gelebt hatte und nun endlich frei war. Kaum zu glauben, dass er dieses Gefängnis freiwillig gewählt hatte.

Die Standpauke, die er erwartet hatte, war ausgeblieben. Obwohl er ohne Erklärung abgehauen und den ganzen Samstag über weggeblieben war, verloren seine Eltern kein Wort darüber. Die Mutter hatte ihn nur traurig angeblickt, als er am Abend heimgekehrt war. Sicher hatte sie sich Sorgen gemacht, aber sie sagte kein Wort darüber. Sie fragte weder, wo er sich rumgetrieben hatte, noch nach den Gründen.

»Am Wochenende kannst du dich erholen«, eröffnete sie ihm beim Frühstück. »Aber morgen Nachmittag kommt Bernd und übt mit dir Englisch. Haben wir uns verstanden?«

»No problem«, antwortete Florian unbekümmert. Von solchen Kleinigkeiten wollte er sich nie wieder die gute

Laune verderben lassen. »Look at the sun and be happy.«
Die Mutter betrachtete ihn kopfschüttelnd. Sie stand auf, weil es an der Tür klingelte. Florian hörte Stimmen im Flur, eine tiefe, brummige und eine hektisch hohe. Die Hektikstimme war typisch für seine Mutter, wenn sie sich über etwas aufregte. Da kam sie auch schon zurück in die Küche.
»Besuch für dich«, sagte sie düster. »Bitte, kommen Sie herein.«
Ein Mann trat hinter ihr ein, ein Riesenkerl mit Stiefeln und Lederjacke. Unter dem Arm trug er einen Helm mit der Aufschrift »Polizei«. Ein zweiter Helm baumelte an seinem Gürtel.
»Du bist verhaftet«, knurrte er und zeigte auf Florian. »Ich komme, um dich abzuholen.«
Florians Mutter wurde blass. »Du meine Güte. Bitte, was liegt gegen meinen Sohn vor?«
Der Riese betrachtete sie aus verkniffenen Augen. »Hat der Junge nichts erzählt?«
Florian konnte sich nicht länger zurückhalten. Er prustete vor Lachen. Seine Mutter sah ihn empört und verwirrt an.
»Was um Himmels willen hast du Unglücksrabe nun wieder angestellt? Hast du geklaut, oder ist was mit Drogen?«
»Nichts dergleichen«, beschwichtigte der Polizist. »Florian hat meiner Tochter das Leben gerettet. Wir stehen tief in seiner Schuld. Dass er nicht damit prahlt, ehrt ihn besonders.«

»Ach?« Seufzend ließ sich Florians Mutter auf einen Stuhl plumpsen.

Lauras Vater brummte verlegen. »Verzeihen Sie, wenn ich Sie erschreckt habe. Ich wollte den Jungen zum Motorradrennen abholen. Offenbar hat er auch davon nichts erzählt.«

»Ich habe mich in letzter Zeit ziemlich danebenbenommen«, erklärte Florian freimütig. »Ich hab noch gar nicht gefragt, ob ich mitdarf. Tut mir Leid.«

Er und der Polizist sahen die Mutter schweigend und erwartungsvoll an, bis sie schließlich lächeln musste.

»In diesem Fall bekommt mein schwerer Junge einen Tag Gefängnisferien. So nennt man das doch, oder?«

»Hafturlaub«, verbesserte Lauras Vater. »Soll ich ihm Handschellen anlegen?«

»Nur wenn er sich danebenbenimmt.«

Lauras Vater salutierte und warf Florian einen Helm zu. »Da. Zieh dir außerdem eine feste Jacke an. Schon mal auf einer Maschine mitgefahren?«

»Noch nie«, log Florian. Er zog sich hastig an, gab seiner Mutter einen Kuss und stürmte hinaus. Dort stand das schwere Polizeimotorrad und daneben eine zweite Maschine. Lauras Mutter lenkte sie, und Laura selbst saß auf dem Rücksitz. Bei der Abfahrt sah Florian seine Mutter am Fenster stehen. Ihr Gesicht wirkte so entspannt wie schon lange nicht.

Auf den traumhaft schönen Sonntag folgten wieder trübere Tage. In der Schule ging es Florian jetzt noch mieser, weil die zwei Monate Zusatzferien natürlich nicht ohne Folgen blieben. Er hatte jede Menge vergessen. An den ersten Schultagen stand er völlig auf dem Schlauch. Aber er tat sein Bestes, hockte bis spätabends über den Hausaufgaben. Die strotzten trotz seiner Bemühungen vor Fehlern. Auch die Wiederholung der Englischschularbeit ging in die Hose. Maxilein behandelte ihn trotzdem besser, vielleicht weil er Florians neue Ehrlichkeit anerkannte. Oder gab es noch andere Gründe?

Gelegentlich bemerkte Florian, wie ihn der Lehrer heimlich anstarrte, mit demselben fragenden Blick wie an dem Tag, an dem Florian sich mit Bernd geprügelt hatte. Er ahnte etwas, Florian war sich sicher. Aber nie sprach ihn Maxilein darauf an, wofür ihm der Junge sehr dankbar war. Er hatte ohnehin genug Sorgen. Ohne zu jammern, ertrug er den Schulalltag. Patrick heiterte ihn auf, wenn es schlechte Noten hagelte, und Eva verteidigte ihn gegenüber gelegentlichem Spott aus der Klasse. Alles in allem fühlte sich Florian gut. Er nahm Niederlagen gelassen auf sich. Er freute sich weiter am Sonnenschein und an den vielen, für andere so selbstverständlichen Annehmlichkeiten der langsamen Zeit. Sogar die Nachhilfestunden mit Bernd ertrug er tapfer. Nach der Nullwelt hatte er keine Sehnsucht. Nur einmal wurde er rückfällig, als Bernd wieder mal besonders arrogant den Oberlehrer raushängen ließ. Florian stattete ihm nachts einen Überraschungsbesuch ab und sorgte dafür, dass die fiese Laus in einem nassen Bett aufwachte. Am liebsten hätte er noch eine Packung Windeln dazugelegt. Aber das hätte ihn natürlich verraten.

Am Tag darauf rief Bernds Mutter an. Sie sagte, dass

ihr Sohn nicht zur Nachhilfe kommen könne, weil er einen Termin beim Urologen hätte. Dafür gab es am Nachmittag eine angenehme Überraschung.
Florian kam gerade aus seinem Zimmer, um seine Mutter die Hausaufgabe in Englisch kontrollieren zu lassen. Sie war nicht allein. Laura saß bei ihr. Die beiden unterhielten sich offenbar prächtig.
»Ab sofort übernimmt Laura die Nachhilfe«, eröffnete ihm die Mutter. »Sie ist in Englisch Klassenbeste. Ist das okay, oder bestehst du auf Bernd?«
»Ich werde es irgendwie überleben«, antwortete Florian begeistert. »Können wir gleich anfangen?«
»Überarbeite dich bloß nicht«, riet ihm die Mutter.

Die Wochen vergingen. Allmählich gewöhnte sich Florian an die langsame Zeit und auch an den Gedanken, dass er die Versetzung wieder nicht schaffen könnte, obwohl er mit Laura jeden Tag übte. Das Schuljahr neigte sich bereits dem Ende zu. Er hatte einfach zu viel versäumt. Dennoch blieb er seinem Vorsatz treu. Keine gestohlene Zeit mehr, auch nicht für die Arbeit! Am Ende bestätigte sich seine Befürchtung. Im Zeugnis stand ein niederschmetterndes Ungenügend.
Florian gab nicht auf. Mit Lauras Unterstützung lernte er für die Wiederholungsprüfung im Herbst. Und diesmal zahlte es sich aus. Er durfte in die nächste Klasse aufsteigen.

An einem Freitag im Oktober erhielt er einen Brief ohne Absender. Er wusste trotzdem, von wem das Schreiben stammte. Florian wartete auf Laura, ehe er den Brief öffnete. Gemeinsam lasen sie ihn durch.

»*Hi, kleiner Bruder!*«, stand da in krakeliger Handschrift.

»*Im Umschlag findest du den Schlüssel zu der Wohnung, in der ich die nächsten fünfzehn Jahre verbringen werde. Du wirst die Adresse vielleicht etwas seltsam finden, aber es ist eine ruhige Gegend. Die Nachbarn sind sehr angenehm und werden mir bestimmt nie Besuche abstatten. (Ha, ha!) Du bist mir jederzeit als Gast willkommen. (Die hübschen blauen Augen natürlich auch.) Sieh doch ab und zu nach dem Rechten, so alle paar Jahre.*

Die Miete für die Wohnung ist übrigens für dreißig Jahre im Voraus bezahlt. Sicher ist sicher.

Falls ich ein bisschen länger schlafen sollte, bitte ich dich, den Mietvertrag zu verlängern und mir die Kohle dafür zu pumpen, bis zu meiner Wiederauferstehung.

Gute Nacht, Freunde!

Euer Joe«

Darunter stand die Adresse:

»*Zentralfriedhof, Gruft 51, zwischen der Marmorkapelle und dem Grab mit dem weinenden Engel.*«

XII Florians Tagebuch, Nachtrag:

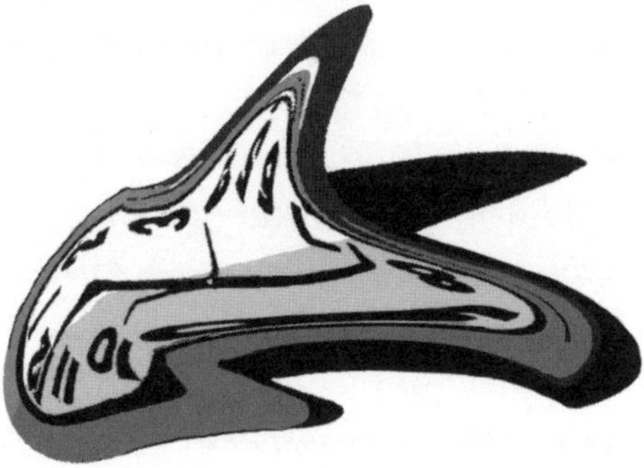

Ich hatte ihn gewarnt! Er wollte nicht hören. Hat sich wohl allmächtig gefühlt, der Spinner! Gut, Joe hat sich lange mit dem Phänomen Zeit befasst. Wenn ein Mensch weiß, was Zeit wirklich ist, dann er. Ich habe die Aufzeichnungen gelesen, die er für mich in der Gruft hinterlegt hat. Er hat alle Infos darüber gesammelt, die er bekommen konnte, wissenschaftliche, religiöse, esoterische. Ehrlich gesagt, verstehe ich nichts von dem wissenschaftlichen Kram, Zeitwellen, Nullpunktenergie, Raumzeit und so. Ich weiß nur, dass er sich zu weit vorgewagt hat, denn selbst jetzt, nach dreißig Jahren, ist sein Körper immer noch unverändert reglos.

Ich schreibe diesen Tagebucheintrag für den Fall, dass mir und meiner Frau etwas passieren sollte, ehe Joe zurückkehrt. Laura und ich, wir haben die Miete der Gruft verlängert, diesmal auf hundert Jahre. Länger ist rechtlich nicht möglich, sagt die Friedhofsverwaltung.

Meine Erben dürfen niemals zulassen, dass das Grab zerstört wird. Denn eines ist sicher: Unser Freund lebt! Ich schwöre, das, was da in der Gruft in einem Gitterkäfig steht, ist keine

Statue und keine Wachsfigur, sondern ein lebendiger Mensch. Niemand darf sich seinem erstarrten Körper nähern. Ab einem dreiviertel Meter Abstand wird es gefährlich. Ich habe auf den Käfig Warnschilder geheftet.
Während ich diese Zeilen schreibe, nehme ich die Energie wahr, die das Grab umgibt. Ich fühle sie jetzt und immerzu, wo ich auch bin. Joes Körper ist so etwas wie ein Loch, ein bodenloser Strudel im Zeitstrom. Er würde jeden mit sich reißen, der ihn berührt. Ich fürchte, er ist tatsächlich in den Abgrund der Zeit gestürzt, der alles verschlingt. Helfen kann ich ihm nicht, selbst wenn ich ein Gegenfeld erzeuge, das bis nahe zum Zeitgipfel führt, denn Joes Kräfte waren immer stärker als meine, selbst als ich jung war. Meine Fähigkeiten der Zeitbiegung schwinden, wahrscheinlich wegen der mangelnden Übung. Heute fällt es mir schwer, selbst für einen kurzen Sprung in die Nullwelt vorzudringen. Ich kann nichts für meinen Freund tun, außer seinen Körper bewachen.
Wann wird Joe aus seiner Starre erwachen? Es könnte theoretisch jederzeit geschehen, vielleicht schon in der nächsten Sekunde.
Oder wird er erst in hunderten, in tausenden, in Millionen Jahren erwachen?
Wird er eine Erde sehen, in der es längst keine Menschen mehr gibt? Eine Zeit, in der sogar die Sonne selbst altersschwach ist und rot aufgebläht über einer sterbenden Welt scheint?